1
館西夕木
ill・ひげ猫
「勇にぃ、
日曜なのにいつまで寝てるんだ
10年ぶりに再会した
クソガキは
清純美少女JKに
成長していた

クソガキとプール
龍石《りゅうしゃく》眞昼《まひる》

ありつき・ゆう
有月勇

はるやま・みや
春山未夜

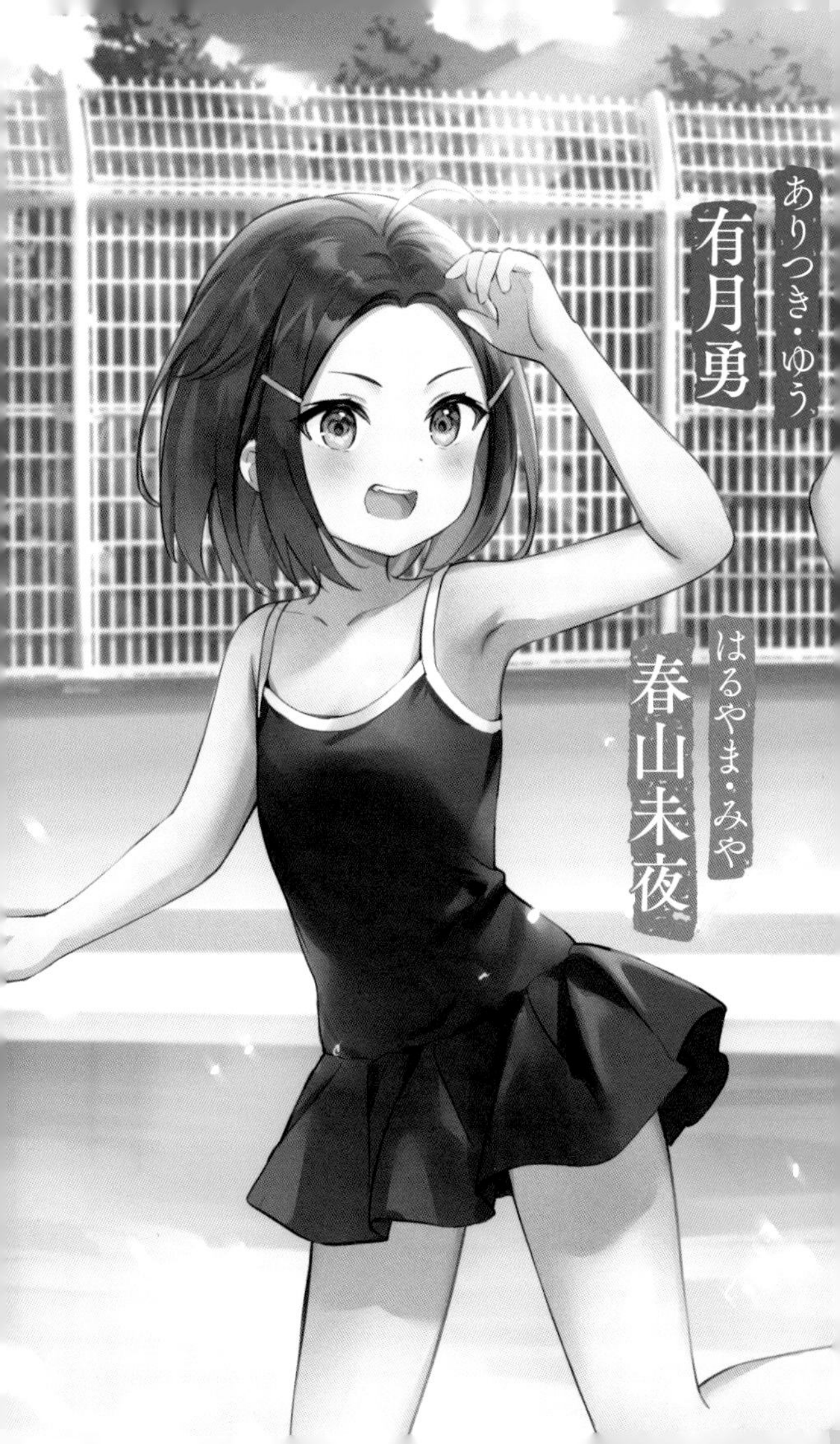

美少女JKと待ち合わせ
龍石眞昼《りゅうしゃく・まひる》
？・？・？

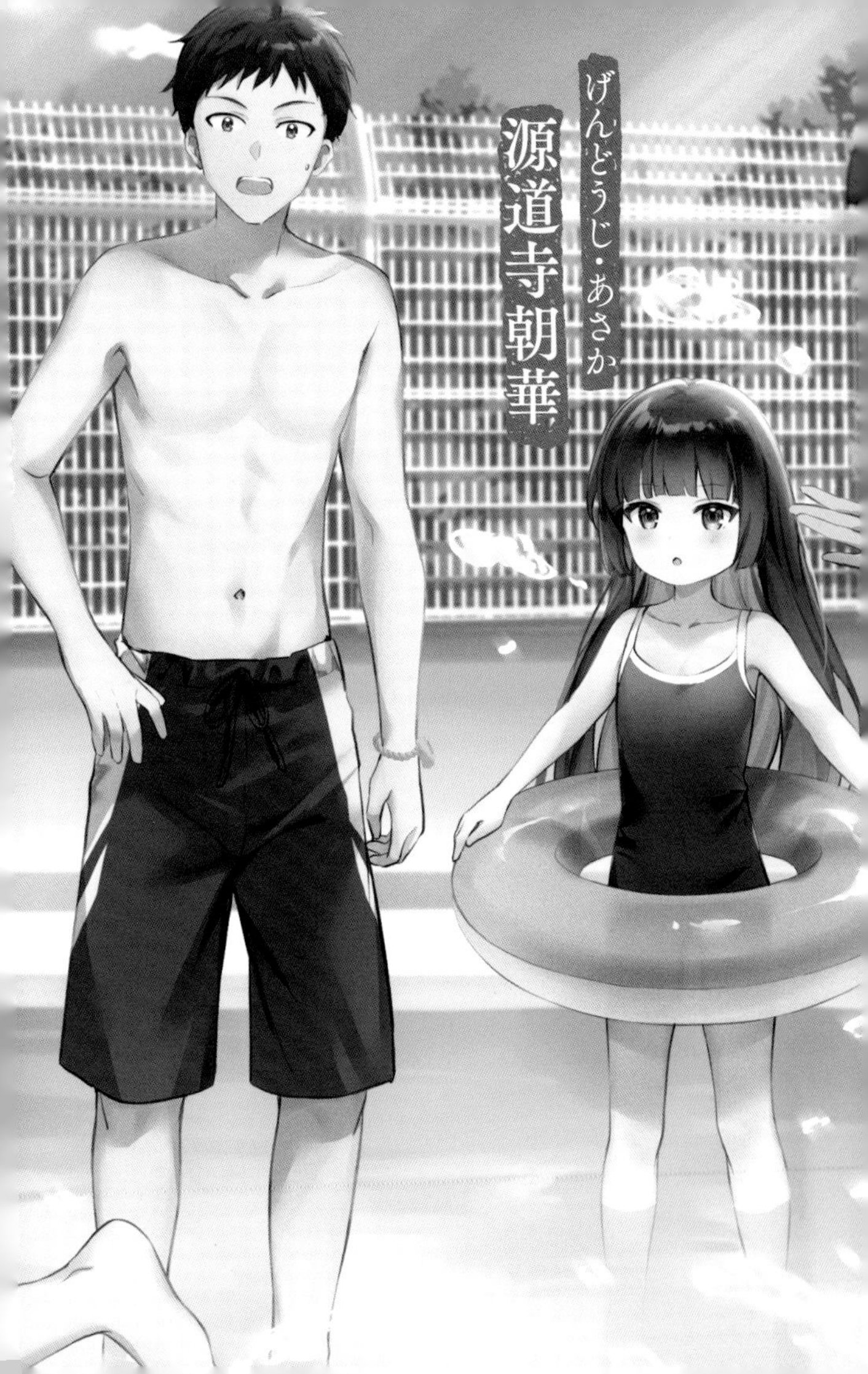

源道寺朝華

げんどうじ・あさか

10年ぶりに再会したクソガキは清純美少女ＪＫに成長していた　1

館西夕木

OVERLAP

CONTENTS

kanzai yuki
ill.higeneko

KUSOGAKI who resumed for the first time
in 10 years has grown into an innocent beautiful girl J

プロローグ

苦しい。

なんだ、この押しつぶされるような圧迫感は。

生温かい何かが、腹の上に……

しかも、なんか揺れて——

「ふはははは」

目が覚めると、まず視界に入ったのは、小さな背中だった。栗色《くりいろ》のセミロングヘアを垂らした、小さな背中。女児向けアニメのイラストがプリントされたTシャツにデニム素材の短パンという夏らしい服装。

隣の家に住むクソガ——女の子、春山未夜《はるやまみや》が、俺の腹の上に座ってテレビを見ていた。

「ふはははは、じゃねぇ。お前、いつ上がり込んだんだ」

時計に目をやるとまだ朝の九時前だった。

「勇《ゆう》にぃ、日曜なのにいつまで寝てるんだ」

「なんだと」

未夜の脇に手を差し込み、くすぐる。

「おわ、おばさんが入れてくれたんだよ、うひゃひゃ」

「あのババア、こんな朝っぱらからうるさいのを」

「あひゃひゃ、やめ、やめぇ」

未夜は隣の家に住む小学一年生。

お隣さんという縁から、こいつが赤ん坊の頃から何かと世話をしてやったり遊んでやった。昔は可愛《かわい》げがあったが、今ではすっかり生意気になった。

「今日は久々に部活がないオフなんだ。ゆっくり休ませろ」

俺はくすぐるのをやめて体をベッドに倒す。

女の子は成長が早いとか、マセてるとか、そういう類のものではない。

「あー、一回戦で負けたから、今日は休みなんだってね」

未夜はけたけた笑う。

「このガキ」

「うひゃうひゃうひゃひゃ」

俺は再び体を起こして未夜に手を伸ばす。

そう、こいつは……

「や、やめ、ギブギブ」

「ふう、疲れた。くすぐりすぎて汗かいたわ」

「なんだ、夏バテか。ザコめ」

俺を舐めてるのだ。

第一章　有月、地元に帰る

1

「久しぶりだなぁ」

春の日射《ひざ》しが心地よい三月下旬、俺——有月《ありつき》勇は、駅のホームに降り立った。

東京から故郷に戻るのは、十年ぶりだろうか。高校を卒業し、上京。中堅食品メーカーに就職したはいいものの、その仕事量は膨大で、控えめに言ってビターでダークでブラックな企業だった。

地元にも帰る暇などなく若さとやる気でなんとか頑張ってはきたが、半年前に過労で体を壊し、休職した。

会社には引き留められたが、結局退職することにした。人生をリセットするいい機会だと、こうしておよそ十年ぶりに地元である静岡県富士宮《ふじのみや》市に帰ってきた次第である。

時刻は正午前。

とそこで——

「きゃっ」

「あ、すいません」

女子高生とぶつかってしまった。正確には向こうの方からぶつかってきたのだが、無職のおっさんと女子高生の社会的地位《ヒエラルキー》を鑑みて、こちらが下手に出ることにする。深緑色のブレザーを着ているところを見ると、北高《きたこう》生か。

「申し訳ない」

「いえ、私が悪いんです。よそ見してて……ん？」

大きな瞳が俺を見上げる。吸い込まれそうなほど澄んだ、茶色い瞳。

うっ……

息を呑《の》むほどの美少女とは、彼女のことを言うのだろう。茶色いロングの髪をまとめ、左肩に垂らしている。透き通るような白い肌に、桃色の柔らかそうな唇……いかんいかん。見知らぬＪＫと必要以上に接触することは社会的死に繋《つな》がる。

「あの――」

「じゃ、じゃあ俺はこれで」

俺は逃げるように改札を抜け、駅を出た。

＊

胸のドキドキが治まらない。

何年ぶりだろう。最後に会ったのがあの人の卒業式の三日後だから……

「十年ぶり……ですね」

あの様子だと気づいていないようだった。こっちはすぐに分かったというのに。勇にぃの消えた人混みを見つめながら、私は小さく息をついた。

学校の春期講習を終え、そのまま隣町に住む友達の家へ遊びに行こうと駅に来ただけなのに、まさか勇にぃと再会するなんて。青天《せいてん》の霹靂《へきれき》とはこのことか。

「ん？」

勇にぃとぶつかった場所に何かが落ちている。拾い上げてみると、それはよく使い込まれた財布だった。

2

高校卒業からおよそ十年ぶりに我が家に帰ってきたが、なるほど、全く変化がない。使い古されたテーブル、色の褪《あ》せた壁紙、縁の割れたカップ。

「大変だったでしょう、全く、正月や盆くらいは帰ってくればいいのに」

カップにコーヒーを入れながら、母――有月さやかは言った。

四十八歳という年齢の割にはあまりしわが目立たず、そこそこの若さを保てている。

「元日だけの正月休みでどうやって帰省しろってんだ」

俺が以前働いていた会社に長期休暇という概念は存在せず、年末年始の休暇も大晦日《おおみそか》と元日だけの二日間しかなかった。

　ブラック企業の愚痴を言いながらブラックコーヒーを飲む。

「まあ、こっちに根を張るってんなら、あたしも嬉《うれ》しいよ。それで、こっちで仕事探すんでしょ？　それともうちの店継ぐ気になった？」

　有月家は〈ムーンナイトテラス〉という喫茶店を営んでおり、万が一のことがあったら家業を継げばいいという下心も実はあった。

「うーん、それでもいいけど、まあ仕事のことはおいおい考えるさ。そういえば」

　と俺は家に入る前に感じた疑問をぶつける。

「春山さんちって引っ越したの？」

　お隣さんの表札が春山から別の名前に変わっていたのだ。

「ああ、それ」

　母はコーヒーのおかわりを注ぎながら、

「あんたが東京に行ってすぐに引っ越したんだよ」

「え？　そ、それどういう――」

「おーい、お前、手伝ってくれ」

　階下の店の方から父の声がした。父は〈ムーンナイトテラス〉のマスターを務めている。

「はーい、今行く。また後で詳しく話すわ」

　そう言って、母は店のキッチンへ向かっていった。コーヒーを飲み終え、俺は自分の部屋に足を踏み入れる。

あの頃とほとんど変わりない。

ベッドに寝転がりながら、俺は思い出に浸り始めた。

懐かしい顔が脳裏に浮かぶ。

春山未夜。

生意気で、お調子者で、大人を舐《な》めたあのがきんちょ。そうか、未夜は引っ越しちまったのか。

あのクソガキとも会う機会がなくなっちまったんだなぁ。

寂しいような安心したような、不思議な気持ちだった。

十年経《た》ったということは、今年で高校三年生か。

あのクソガキのことだ、とんでもないヤンキーかギャルに成長しているんだろうなぁ。

そんなことを考えていると、ぐぅ、と腹の虫が鳴く。そういえばまだ昼食を食べていなかった。

「小腹が減ったな」

夕食までまだ時間がある。コンビニにでも行こうか。そう思って立ち上がり、ポケットに手を入れた。

すかっと空ぶるような感触。

「ない……あれ？」

尻ポケットに入れておいたはずの財布がないぞ。

「ない、ない」

部屋やバッグの中を捜して回ったが、財布は見つからなかった。あの中には免許証やカード類も入っているというのに。

「あっ」

さっき駅で女子高生にぶつかった時に落としたのかもしれない。

今さら行っても無駄かもしれないが、もしかしたら落とし物として届けられているかも。

家でじっとしていても何も解決しないので、俺は家を飛び出した。

その瞬間——

「きゃっ」

「いたっ」

塀の死角から急に誰かが飛び出し——飛び出したのはこちらだが——、またしても俺は人とぶつかってしまった。

温かく柔らかい感触が服越しに伝わる。

「す、すいません。あれ？」

見ると、先ほど駅で出会った少女だった。

相変わらず、こちらが緊張してしまうほどの美少女。まさか一日に二回も同じ相手とぶつかってしまうとは。運がいいというか、悪いというか。

「あの、これ」

少女はおずおずと何かを差し出す。

「あ、俺の財布。あなたが拾ってくれたんですね」

少女は無言で頷《うなず》く。

「いやぁ、ありがとうございます。そうだ、何かお礼を」

「いえ、いいんです。それより」

「それより？」

じっと、少女が見つめてくる。

おとなしめの、文学少女といった雰囲気の彼女は何も言わずにただ俺を見上げている。

なんだろう。ひどく懐かしいような、腹が立つような、不思議な感覚だ。

ん？

腹が立つ？

恩人に対して何を考えてるんだ俺は。

失礼にもほどがある。

でも、この子の目……

「あの……いえ、やっぱりなんでもありません。お財布、たしかに届けましたから。そ、それじゃ」

そうまくしたてると、少女はおぼつかない足取りで走り去ってしまった。

……足遅いな。

せめて名前を聞いておくべきだったな。いや、不純な動機とかじゃなく、お礼をしたいから。

それにしても、と思うのは、

「どうしてあの子、俺の住所が分かったんだろう？」

免許証の住所は東京のままだし、そもそも俺はこっちに戻ってきたばかりだ。

「……？」

＊

「ああ、もう。どうして気づいてくれないの、はぁはぁ」

久々の全力疾走で息が切れてしまった。

私は立ち止まり、大きく息を吸った。緊張と疲労で息が上がる。

気づいてほしい。できるなら、自分から名乗るのではなく、向こうから気づいてほしい。

「……ばか勇《ゆう》にぃ」

幼い頃の思い出が蘇《よみがえ》る。

物心つく前から、ずっと一緒に遊んでもらっていたっけ。

「懐かしいな……！」

勇にぃとはいろんなことをしたなぁ。家も昔は隣だったし、勇にぃの部屋に毎日入り浸っていたっけ。子供の頃の楽しい思い出を振り返っていると、はっ、と思い出す。

思い出は必ずしも美しいものばかりではない。

小さい頃の数々の暴挙《いたずら》。

若さゆえの過ち。

クソガキだった頃の自分。

子供時代を思い返したことで、心の奥底にしまっていたはずの黒歴史が一緒に掘り起こされてしまったのだ。

あまりの恥ずかしさに顔が真っ赤になる。

「私、ばかぁ」

家に帰りつくなり、私はベッドに飛び込んだ。

「あぁー」

ベッドの上でのたうち回りながら、私は叫ぶ。

「うぅー」

クソガキ時代の勇にぃとの思い出は、懐かしく輝かしいものであると同時に、私の心をえぐる凶器でもあった。子供だから許されていた生意気な態度やおてんばな行動、それらを大人になってから思い返してみると、顔から火が出そうになる。

今の私はあの頃のように活発な方ではない。むしろ人見知りで、学校ではおとなしい真面目ちゃんとして通っているし、それが素の性格だと自認している。

だからこそ、昔のことを客観的に見ることができる年齢となった今では……

「うわぁーーーっ！」

真っ赤に燃え上がった顔を枕に埋《うず》める。

足をばたばたさせ、私はこれでもか、というほどの羞恥心を味わっていた。

じっくりみっちり、過去の黒歴史に悶絶《もんぜつ》したところで、我に返る。

「うぅ」

勇にぃが帰ってきたこと自体は喜ばしいことなのだ。十年間一度も帰ってこなかったことに怒りが湧かなかったといえば嘘《うそ》になるが、今さらそんなことを言っても何もならないのだから、素直に喜ぶとしよう。

「十年ぶりの、勇にぃ」

駅で勇にぃとぶつかった時は、本当にびっくりした。

十年前、彼の上京を見送った時とほとんど変わりない姿に、一瞬で胸が高鳴った。しかし、なぜか向こうはこちらに気づかなかったようだ。

財布を落としていたので、友達に断りを入れてわざわざ〈ムーンナイトテラス〉に届けたのだけれど、その時も気づいてもらえなかった。

「なんで気づいてくれないんだろ」

そもそも、彼は私のことを憶《おぼ》えているのだろうか。

小学生から高校生に成長したのだから、気づかないのは百億歩譲ってありえるとしても、忘れているなんてことはないだろう。

自分で言うのもアレだけれど、子供時代の私はけっこうはっちゃけていたし、勇にぃにはほぼ毎日遊んでもらっていた。

引っ越しをしてお隣さんではなくなったが、まだ同じ町に住んでいるし、〈ムーンナイトテラス〉には今でもちょくちょく顔を出している。

明日〈ムーンナイトテラス〉に行って、

『勇にぃ、帰ってきたんですね。久しぶり！』

そう伝えれば全ては一瞬で解決するのだが……

「むりむりむりむりむりむり」

えげつない黒歴史と、内向的な性格が邪魔をする。

つまるところ、勇気が出ないし恥ずかしい……

自分から言うなんて、絶対むり。

でも、なんとか勇にぃと接点は持ちたいし……

「向こうから、気づいてくれないかなぁ」

＊

翌日、私は〈ムーンナイトテラス〉の前にいた。

結局来てしまった。

見慣れた看板を見上げながら、私は息を整える。子供の頃からよく訪れていた店だが、こうも入店に緊張が伴うのは今回が初めてだ。お隣さんだった頃は勇にぃと遊ぶついでにジュースやお菓子をご馳走《ちそう》になっていた。

引っ越しをした今でも週に二、三回のペースで通う常連なのだが、今日ばかりは勝手が違った。

日当たりのいいテラス席には老夫婦が座っており、仲睦《むつ》まじくコーヒーを楽しんでいる。その、のほほんとした余裕を分けてほしい。

「ごめん、ください」

からんころん、とドアベルが店内に響く。

「あら、未夜《みや》ちゃんいらっしゃい」

手前のテーブル席の片付けをしていたおばさん——有月《ありつき》さやかがにこやかに言う。勇にぃの母親で、長い黒髪を後ろで束ねて赤いバンダナを巻いている。アラフィフのはずなのに、見た目は三十代でも通用しそうだ。

「おばさん、こんにちは」

カウンター席に座ると、勇にぃの父で、この店のマスターである有月俊《しゅん》が渋い声で一言。

「いらっしゃいませ」

白いものの交じったオールバックによく手入れされた口ひげ。寡黙でダンディなおじ様である。

「おじさんも、こんにちは。アイスコーヒー、ひとつお願いします」

「かしこまりました」

勇にぃは……いないみたい。

店内を見回してみるも、勇にぃの姿はなかった。ほっとしたような、残念なような、複雑な気持ちだ。

「勇は今、出かけてるわ」

私の隣の椅子に腰かけながら、おばさんが言った。

「え？」

「ハローワークで求職中。昨日、勇に財布届けてくれたの、未夜ちゃんでしょ」

バレてる。

「ええ、まあ。本当に偶然、駅で……」

私は昨日の一連のいきさつを説明した。

「謎の美少女が財布を届けてくれたって昨日からうるさくってね」

美少女……美少女!?

「わわ、わ、私なんか別に……」

そうは言いつつも、顔のにやけが止まらない。

「えへへ」

美少女って言われちゃった。

「アイスコーヒーです」とおじさん。

「ありがとうございます」

コーヒーの苦みで顔を引き締める。

「どんな娘《こ》かって特徴を聞いてみたら、茶髪だけど清楚《せいそ》っぽくて、声が柔らかくてって言ってたのよ。あー、これは未夜ちゃんしかいないって思ったけど、やっぱりそうだったみたいね」

「おばさん、そのこと、勇にぃにはもう……？」

もしかすると、すでにおばさんがネタばらしをしてるのかも。だとしたら、今の自分の悩みは杞憂《きゆう》に終わるけれど。

「いんや、まだ言ってないよ」

「そう、ですか」

「だって、そっちの方が面白いしね」

もう、この人は。

おばさんはいたずらっ子のように笑う。

「おてんば娘だった未夜ちゃんがこんな美少女に成長してたなんて、あの子はまず思わないだろうから、気づいた時の反応が楽しみだよ」

でも――

「私もできれば、自分から言うんじゃなくて、勇にぃの方から気づいてほしいです。私、こんなに変わったよって」

「うんうん、変わったよねぇ」

おばさんは遠い目をしながら、

「あの頃は、勇にぃ、勇にぃ、ってひっついて回ってたのに」

「お、おばさん、そういうことは、思い出さなくていいです」

「『貰《もら》い手《て》がいなかったら私が貰ってやるぞ』とか言ってたのにねぇ」

「んぶっ!? けほ、けほ」

噴き出したコーヒーをハンカチで拭う。

「懐かしいねぇ」

「ちょ、ちょ、ちょっと待ってください。なんですか、それ。私、そんなこと言いました?」

「憶えてないの?」

おばさんはきょとんとした顔で言う。

「憶えてないですよ」

「情熱的なアプローチだったよぉ」

そ、そんな、告白まがいのことまでしてたのかぁ。

どれだけ黒歴史を作れば気が済むんだ。子供《クソガキ》の私の馬鹿。

空調は快適なのに、変な汗が止まらない。

もし勇《ゆう》にぃがこのことを憶えてたら……

「あわわわわ」

コーヒーを持つ手がカタカタ震え、氷とグラスのぶつかる音が不規則に鳴る。

「ほら、勇が仔猫《こねこ》を拾ってきた時に、うちじゃ飼えないからってあたしが突っぱねたら、未夜ちゃんがじゃあうちで貰うって言ったじゃない」

「あ」

そういえば、そんなこともあったような。

「よく憶えてるよ。結局、下村《しもむら》さんのところに貰われてったっけ。ん～？　なんでそんなに顔を赤くしてるのよ」

「おばさん、からかってるでしょ」

「あっはっはっは」

「もう」

ポップスが流れる店内に、おばさんの笑い声が響いた。

クソガキ、仲間を呼ぶ

1

七月も下旬に入り、いよいよ本格的に夏が始まる。絶えず耳に届く蟬《せみ》の声、ぎらぎらと照り付ける日射《ひざ》しに青々とした緑の香り。一年でもっとも活気にあふれる季節が到来したのだ。高校生活最後の夏休みが始まって数日――

「勇、ごろごろしてるんなら店の手伝いしな。可愛《かわい》いお客さんだよ」

冷房の効いたリビングでアイスを食べながらテレビを見ていると、母が顔を出して言った。

「んー、分かったよ」

我が家は喫茶店〈ムーンナイトテラス〉を営んでおり、俺も時々手伝いをしている。これは祖父の代から続く店で、内装はログハウス風で店の外にはテラス席も設《しつら》えてあり、客の入りは割と良い。

俺は男子バスケットボール部に所属しており、部活が忙しくてなかなかバイトをする機会がなかった。たまに店の手伝いをして小遣い稼ぎをしていたくらいだ。

が、夏の大会で一回戦負けを喫した今、七月末の引退式まで夏休みの予定はがら空きでごろごろするばかりの毎日である。

「うん？　可愛い？」

なんだか嫌な予感がする。

従業員用のエプロンを身につけ、店に出る。

「おいっす、勇にぃ」

奥のテーブル席に陣取る三人の少女。そのうちの一人――未夜が身を乗り出す。

「おう」

「今日は友達連れてきてあげたよ」

「誰も頼んでねぇぞ」

「こんにちは」

「こんにちは」

未夜を挟むように座っていた二人の少女は、一度互いに目を合わせてから挨拶をした。

「ああ、こんにちは」

見たところ、年齢は未夜と同じくらいだろうか。

「こっちが眞昼《まひる》で、こっちの眼鏡かけたのが朝華《あさか》」

未夜が紹介する。眞昼はよく日に焼けた、ショートカットの少女だ。活発そうな雰囲気で、ノースリーブのシャツに短パンといった夏らしい服装だ。対する朝華は長い黒髪にフリルのついたワンピースといった、おとなしそうな少女である。

三人ともクリームソーダを注文し、携帯ゲームに興じているところのようだった。

未夜も普段は生意気だが、こうして友達とはしゃぎながら遊んでいるところは微笑《ほほえ》ましい。

さて、仕事に取りかかるか。

席を離れようとしたところで眞昼が俺を見上げて、

「ふうん、こいつが未夜の手下か」

ん？　何かおかしな言葉が聞こえてきたが、気のせいか？

「ちょっと、眞昼ちゃん、大人の人にそんなこと言っちゃダメだって。怒られるよ」

朝華が小声で言う。

「でも、未夜の手下ってことは、未夜の友達のあたしたちの手下ってことだよ」

「え、そうなの。あっ、そっか……」

そっか、じゃない。納得するな。

「待て待て、おい未夜。お前、友達に俺のことをどんな風に紹介してんだ」

「え？　なんでもいうこほほひふ」

未夜の頬をぐにーっと両手でつまんで引っ張る。

「さあ、その先は気を付けて物を言えよ」

「うあうあう」

「なーんだって？」

「こら、小《ち》っちゃい子をいじめるんじゃないの」

母の怒声とともに脳天にチョップが叩《たた》き込まれる。

「ぐへっ」

「ほら、さっさと仕事やんな。あっちのテーブル空いたから片付けて」

「本当だ、弱っちぃ」と眞昼。

「ふふん、ザコめ」と未夜《みや》。

「うわぁ、痛そう」と朝華。

あのクソガキ、まさか母がいるこの俺が圧倒的に不利なフィールドを選んで友達を連れてきたのか？

いや、あいつがそこまで頭が回るとは思えん。

しかし――

「おばさーん、これ飲んだらみんなで二階でゲームしていい？」

「いいよ～」

「!?」

二階って、いつもこいつが二階で入り浸るのは俺の部屋しかない。

承諾を俺ではなく母に得ることで俺の意思を無視する高等戦術。普通に友達連れで部屋に上がろうものなら追い返されるであろうことを予測していたのか。

「いやちょっと待っ――」

「未夜ちゃんのお友達なんだからいいじゃないの。そんなことより早く空いたテーブル片付けて」

「やったぁ」

こうして俺の部屋はクソガキどもの溜《た》まり場《ば》と化した。

2

数日後。

非常に、非常にマズい事態だ。夏休み最終日に手を付けていない課題を発見してしまうことよりも遥《はる》かにマズい。

俺は焦っていた。

「ねー、眞昼。ここのアイテムって――」

「貸してみ」

「ん」

ベッドの縁に座った未夜が眞昼にゲーム機を手渡す。朝華は少年漫画が気に入ったようで、本棚の前でむさぼるように読んでいる。

「未夜、これそもそもキャラが……こっちのやつじゃないと」

「あ、そういうことだったのかー」

「あの、勇さん、ここの続きの巻取ってもらってもいいですか?」

「あ、ああ。はいよ」

完全にクソガキどもの溜まり場と化した俺の部屋。

数日前に占拠されて以来、こいつらはまるで自分たちの部屋であるかのごとく、悠々とこの部屋で過ごしやがっているのだ。

うるさいのが増えたというのも厄介なことではあるが、それ以上にこの状況はやばいのだ。

というのも……

俺のベッドの枕の下には、エロ本が隠されているのだ。

油断していた。

エロい夢が見られるから、という話を部活仲間に聞かされ、冗談半分でエロ本を枕の下に入れて寝たのが昨晩のこと。

そのことをすっかり忘れたまま今に至り、こいつらがやってきてからそのことを思い出したのだ。

なんたる不覚。

もしこいつらにエロ本が見つかったら……

『うわ、キモ』

『おばさんに言ってこよーっと』

『へんたいさんだったんですね』


駄目だ駄目だ駄目だ。

なんとかしてこいつらを部屋の外に出し、エロ本を回収しなくては。

「あぁ～駄目だ、勝てないぃ」

未夜がベッドに倒れ込み、枕にぼすんと頭を乗せる。

「おわああああああ」

「びっくりした。なんなの勇にぃ。急におっきい声出して」

「い、いや、なんでもない。そ、それよりお前ら外で遊ばねーのか」

「暑いからやだ」と眞昼が即答する。

お前、そんな肩まで出したノースリーブのシャツを着て、こんがり日焼けしてるのに、外が嫌なのか。

「さっきまで外で遊んでたもんね」と未夜は天井を見つめながら言う。

「じゃ、じゃあ店でアイスでも食うか」

「さっき、おばさんにソフトクリームいただきました」

朝華が言う。

「あ、そ」

こいつらを部屋の外に連れ出すのは難しいか。

やるべきことはそうややこしくはない。エロ本を救出してかつ、それをこいつらに見つからないようにするのだ。

しかし、一手のミスが死に直結するこの状況。

さて、どうしたものか……

「なぁ、勇《ゆう》にぃもゲームしようぜ。これソフト一本でも通信対戦できるから」

眞昼に手を引っ張られる。彼女はベッドの縁に座り、棒のような細い足を男の子のようにだらしなく伸ばしている。

「お、おう……！」

これはチャンスだ。

さりげなく眞昼の横、枕側に座ることができた。

さて、問題はここからだ。

位置関係を整理しよう。まず救出目標であるエロ本は俺のすぐ後ろの枕の裏にある。

しかし、今現在ベッド上は未夜が占領しており、やつのちっさい頭が枕の上にある。俺の横には眞昼がいて、少し離れた窓際のところで朝華が漫画を読み進めているのだ。

手を伸ばせば届く位置なのだ。朝華は漫画に夢中だし、ゲームに熱中している眞昼からは枕の方は死角になる。

　未夜がベッドから降りたタイミングで後ろに手を回し、背中側の服の中にエロ本を移動させる。そして俺は一度部屋を出て、別の場所にエロ本を隠すのだ。

　なんて完璧な作戦だ。

　時刻は午後二時。救出ミッションスタートだ。

「うああん、もう。眞昼強すぎー」

「未夜、隙だらけだぜ」

「はい、じゃあ勇にぃと交代」

「え？」

　未夜からゲーム機を手渡される。対戦型のアクションゲームのようだ。この手のゲームは実は得意である。中学生の頃、よくゲーセンで格ゲーやシューティングをやった。

　俺を舐《な》めくさっているこいつらの鼻を明かすチャンスだ。

　が、今はそんな場合ではない。両手がふさがる上に、ゲームの画面に視線が固定されてしまう。

「い、いや、やっぱ俺はいいや」

「なんだ、負けるのが怖いのか？」

　眞昼が横でにやにや笑う。

「なんだと」

「子供に負けたらってビビってるんだろ」

「……いいだろう、コテンパンにしてやるぜ」

「ふふん」

まずい、安い挑発に乗ってしまった。

ここはさっさと負けて未夜と交代したいところだが、今のやり取りの後に簡単に負けるとまたこいつらに舐められる恐れがある。

『大人なのに子供に負けるんだ。弱っちぃな』と半笑いで言う眞昼《まひる》の姿が容易に想像できる。

ここは接戦を演じながらギリギリのところで負けるとしよう。

「おりゃ、どうだ」

「む、勇にぃ、なかなかやるじゃん。あたしもそろそろ本気出そうかな」

眞昼の攻めが一気に苛烈になる。

「私、トイレ行ってくる」

未夜がベッドから降りた。素晴らしいタイミングだ。十分接戦を演じることができたし、ベッド上がフリーとなった。よし、そろそろ負けるとしよう。

「よっしゃあ、あたしの勝ち」

「ち、ちくしょー。じゃ、じゃあ、次は朝華《あさか》と交代かなぁ」

と、思ったら、

「うぅ、暑いです」

窓際にいた朝華は漫画を片付け、テーブルの上にあったジュースを飲むと、ベッドの方へ移動してきた。前髪が汗で張り付き、頬は林檎《りんご》のように朱に染まっている。彼女はそのままごろんとベッドに横になる。

「うーん、私、ちょっと休憩したいです」

なんだと。

お前ずっと漫画読んでいただけだろうが。

どこに疲れる要素がある。

「朝華は体力ないからなー。お昼寝させてやれ。よし、勇にぃ二回戦だ」

マジか。

「どっちが勝ったー？」

そうこうしている間に未夜が戻ってきてしまった。

「勇にぃがあたしに勝てるわけないだろ」

「ええー、じゃあ交代だぞー」

未夜がベッドの上で飛び跳ね始める。

スプリングがきしみ、不規則な揺れが発生。

「わ、分かった分かったって――っ！」

「未夜ちゃん、揺れるよー」

朝華が振動に合わせてもぞもぞ動く。それを面白く感じたのか、未夜《みや》はさらにジャンプを続けた。

「あははは」

「ば、馬鹿、未夜、やめろっ」

未夜の起こす振動が枕に伝わり、じりじりとエロ本がシーツの上を滑り始めてきやがった。

ま、まずい、角が。角が見え始めている。

「それ終わったら、交代しろよなー」

「分かったから、ジャンプすんな。店の方に振動が伝わるだろ」

言いつつ、俺は背中から倒れ込んで枕からはみ出たエロ本を体で隠そうと試みる。

あ、危なかった。

いや違う。

このまま体を倒すと、寝ている朝華の胸に頭が触れてしまう。

ど、どうする？

エロ本を隠すことが最優先事項ではあるが、小学生とはいえ女の子の胸に頭を乗せるなんて……

俺は腹筋に力を込めて、朝華の胸に頭が触れない程度の体勢をキープする。

「うぐぐぐ」

き、きつい。

「あれ、それなんだ？　枕の下になんかあるぞ」

「!?」

未夜に見つかった。

「へ？」

眞昼が枕の方を向く。

ああ、俺はもう詰んだ。

神様仏様、閻魔《えんま》様でもいいから、誰か助けて。

その時――

「みんなー、スイカ切ったよー」

俺の祈りが通じたのか、下から母の声が響いた。

「スイカー？」

未夜は床に飛び降りる。

「よっしゃあ、起きろ朝華」

「ふぇ？」

どたどたと部屋を飛び出ていくクソガキども。

一人残された俺は、ぼすっとベッドに体を預ける。

「た、助かった」

ナイススイカ。俺は息を整え、エロ本を無事回収する。やつらの目の届く範囲にエロ本を隠しておくのは危険だ。新たなる隠し場所を設《しつら》えなくては、と夏休みのミッションが一つ増えた俺だった。

第二章　ささやかなゲーム

1

四月。それは始まりの季節。

進学進級でちょっぴり大人になった気分の学生たち。これからは社会の一員だ、と胸を張る新入社員たち。そんな新生活に期待を膨らませる彼らを横目で見ながら、俺はハローワークへ向かう。

帰省してから一週間と少し。ハローワークで仕事を探し続けている俺だが、「これだ」という仕事が見つからない。

というのも——

どの求人もホ、ワ、イ、ト、す、ぎ、て、目移りしてしまうのだ！

ハローワークに到着し、俺はさっそく求人検索用のパソコンにかじりつく。そこに並ぶホワイト求人の数々に、眩暈《めまい》がしそうだ。

「えっ、年間休日一〇〇日以上？　一年がだいたい五十二週だから、ほぼ毎週二日も休めるのか！」

前の会社は基本週一休みで月に二日程度休日出勤があったのに。

「えっ、この会社残業するとその分お金が貰《もら》えるのか！」

残業代なんてフィクションの世界の概念だと思ってたのに。

「えっ、こっちの会社は毎年給料が上がるのか！」

十年は据え置きが当たり前だって、上司は言っていたのに。

「うーむ」

どの会社も魅力的だが、人生をリセットする気で思い切って帰省してきたのだから、妥協はできないぞ。

とりあえずよさそうなところの求人票を持ち帰って検討しよう。

徒歩で帰宅し、我が家の隣の家の前で立ち止まる。春山《はるやま》家、いや、今はもう春山家ではない。表札には〈中野《なかの》〉とある。

昨日、母に聞いて分かったことだが、どうやらこの中野家も引っ越してしまったらしく、今現在この家は誰も住んでいない空き家だという。クソガキとの思い出が詰まった家。あの頃の騒々しい日常を知っている身としては、なんだか寂しい気もする。

「あいつら、どうしてるかな」

未夜は、どこで何をしているのだろうか。眞昼、それに朝華も。頭の中に浮かぶのは、思い出の中の幼い姿だけだ。

店の方から家に帰る。

「ただいま」

「お、帰ってきたな」

母がにやにやしながらこっちを見ている。

「なんだよ。ん？」

制服姿の女子高生が、一人でカウンター席に座っている。アイスコーヒーをブラックで飲んでいるようだ。

長い茶髪にすらっとしたスタイル。ちらっとこちらを振り向いたその顔には、見覚えがあった。

「あっ」

この前、財布を届けてくれた女子高生じゃないか。

向こうも俺に気づいたようで、「ど、どうも」と小さく会釈をした。女子高生は隣の椅子に置いてあったスクールバッグを足元に移動させる。

「学校帰りですか？」

「ええ、まだ春休みですが、部活がありまして」

制服で参加してきたということは文化部か。

「よければ、どうぞ」

横に座れということか。母がにやにやしているのが鬱陶しいが、断る理由もない。

女子高生の横に腰を下ろす。

改めて見ると、めちゃくちゃ可愛《かわい》いなこの娘《こ》。

しかもなんかくらっとするような、いい匂いをまとって——いやいや、何考えてんだ俺。相手は女子高生だぞ。女子高生に興奮するなんて、ロリコンじゃないか。

「前はその、財布、ありがとうございます」

「い、いえ」

小鳥がさえずるような、清らかな声。

「ここ俺の実家なんで、奢《おご》りますよ。結局、お礼できずじまいだったから」

「そんな、悪いです」

「いいんですよ」

「でも、割引券も持ってるので……」

「へぇ、よく来てくれるんですか？」

「……はい、週に二、三回くらいで」

常連じゃないか。

そうか、なるほど。俺は得心する。

「あっ、だから俺の家がここだって分かったんですね？　有月《ありつき》なんて苗字《みようじ》、この街じゅうちぐらいだから」

「はい、失礼かと思いましたが、免許証を検《あらた》めさせていただきました」

「失礼だなんてとんでもない」

斜め下から俺を見上げるその瞳に、心臓が射貫《いぬ》かれる。

か、可愛すぎるだろ、この娘。

＊

ちーがーうー。

もう、本当に鈍いんだから。

おばさんがにまにましながらこっちを見ている。

他人事《ひとごと》だと思ってぇ。

「そうだ、お名前聞いてませんでしたよね」

勇《ゆう》にぃが唐突に言った。

「ふぇ？」

こ、これはどうするべき？

名前。

それは十年経《た》っても変わらない、唯一のもの。

今の私と子供《クソガキ》の私を結び付ける記号であり、勇にぃの誤った認識を打ち砕く絶好のチャンスだけれど。

ここまできて自分から本名を名乗るのは癪《しゃく》に障るし……

「俺は有月勇です」

知ってるもん。

「ええっと、私は……」

ああ、おばさんが今にも噴き出しそうな顔をしている。

き、期待してるのだ。

私が名前を言って、勇にぃがパニックを起こすのを。

「私、は――」

緊張と高揚感が混ざり合い、体温が上昇する。

勇にぃは恩人の名前を何気なく聞いただけなのだろうが、私の心臓は自分で分かるくらいバクバクだ。

このにぶちんめ。

おじさんとおばさんもこちらの方を心配そうに盗み見ているのが分かる。いや、おばさんの方はただ単に面白がっているだけだろうけど。

偽名を使うのは嫌。勇にぃに嘘《うそ》なんてつきたくない。

かといって、こちらから名乗るのも嫌。

どうすれば……

勇にぃとの懐かしい日々が、まるで走馬灯のように蘇《よみがえ》る。

そうだ！

それらの思い出が、私に子供の頃のいたずらごころを思い出させた。

「秘密、です」

私がそう言うと、勇にぃはあっけにとられたような表情を見せた。

「え？」

彼に向き直り、私は微笑《ほほえ》む。

「勇さんとお呼びしてもいいですか？」

この感覚、久しぶり。

勇にぃを振り回し、翻弄する、あの懐かしい感覚。

「いいけど」

「では勇さん。私とささやかなゲームをしましょう。もしあなたが勝てたら、なんでも一つ言うことをききます」

「なんでもって、え？　ゲーム？」

「はい。期限はありません。私の名前を当ててみてください」

＊

「答えるチャンスは一日一回。もしあなたが見事に私の名前を当てることができたら、私はあなたの言うことをなんでもききます」

「え？　え？」

名前を聞いただけなのに、なぜか女子高生と勝負をすることになってしまった。

って、いやいや。

なんで？

「も、もし、当てられなかったら？」

「その時は、罰ゲームを受けてもらいます。さぁ、どうぞ」

「さぁ、どうぞ」と言われても、会って間もない人間の名前なんか分かるわけがない。

母に助けの視線を送る。口元を手で押さえて笑いをこらえている顔が返ってきた。

「もちろん、他の人にこっそり聞くのはダメですよ」

「うっ」

ええい、当てずっぽうだ。

「それじゃあ……」

妙な緊張感が店内に張り詰める。

何が目的なんだ。それとも俺に名前を教えたくないだけなのか。

「西連寺《さいれんじ》まどか、とか？」

「……」

「……」

「ハズレです」

「だろうね」

「では罰ゲームです」

そう言って、女子高生は俺の脇に手を差し込む。

「!?」

そしてさわさわとくすぐり始めたではないか。

「ふ、うははは」

脇の下で踊るように動く彼女の指。肌を撫《な》でるこそばゆい感覚と、女子高生に触れられているという背徳感が俺の感度をいっそう上昇させる……って変態か俺は。

「ふ、ふひひひ」

「耐えてください。罰ゲームです」

女子高生はにやにやと笑いをこらえるような表情で俺を見上げている。

「うぅ、ふはははは」

ひとしきりくすぐると、彼女は達成感に満ちた表情で、

「ふぅ、くすぐりすぎて汗かきましたね。それではまたお会いしましょう」

そう言い残し、女子高生は店を後にした。

「西連寺まどかて、西連寺まどか……ぷくくく、何そのネーミングセンス。ないわ」

母がテーブルに突っ伏し、肩を震わせている。

「うるせーな。いいとこのお嬢様っぽい雰囲気だからそれっぽい名前考えたんだよ。つーか、俺だってわけ分かんないんだよ。母さん、あの娘のこと知ってるんだろ?」

「知ってるけど、あたしらが教えちゃルール違反だって」

なんなんだよ。

脇の下が熱い。いや、体全体が熱い。

あの娘が帰った後も、体の火照りが治まらない。

いやいや、相手は女子高生。こんな感情は犯罪なんだって。

でも……

「あの子、ここの常連なんだろ?」

「そうよ。また明日も来るかもね。それより、あんたハローワーク行ってきたんでしょ?

いいとこ見つかった?」

「ん、ああ。それがさ、どこもホワイトすぎて悩んじゃうんだよなぁ」

俺は近くのテーブル席に座り、バッグから求人票を取り出す。

「なんかこだわりみたいのはないわけ? お給料とか、時間帯とか」

「そうだなぁ、特に希望はないけど、しいて言えば、週に一日以上はちゃんと休めて、休日に急な呼び出しもなくて、有休が使えて、残業代もちゃんと出て、上司に暴言と暴力を振るわれないところがいいかなぁ」

「あんた、どんな会社で働いてきたのよ……」

卓上に並べた求人票を見比べる。

「まぁ、自分の人生なんだから、ちゃんと考えなさいな。あなた、あたし休憩してくるわ」

最後に父に声をかけ、母は二階に上がろうとする。

「……！」

待てよ？

よくよく考えてみれば、一番ホワイトなのはここ〈ムーンナイトテラス〉ではなかろうか。二階部分が我が家なのだから、通勤時間はないに等しいし、残業もない。従業員は家族だけで、人間関係でトラブルが起きるようなこともないだろう。週二で定休日もある。

俺ももうアラサーだ。中途でどこかの会社に入るくらいなら、家業を継いだ方が安定した生活を送ることができるかもしれない。

「おーい、母さーん」

母が階段の方から顔を覗《のぞ》かせる。

「んー？」

「父さんも」

カウンターの向こうにいた父もこちらに向き直る。

「なぁ、俺、この店継ぐよ」

2

それから俺は見習いとして〈ムーンナイトテラス〉で働き始めた。高校時代にバイト感覚で店の手伝いをした経験はあるが、接客業の経験はない。前職の営業と違って、多種多様なお客さんの相手をするのは新鮮味があると同時に、かなり大変である。時間帯によって客層や忙しさもまるっと変わることから、時間の使い方が特に重要になるな。

とはいえ、まだ見習い身分の俺は、雑用が主な仕事だった。

「勇、これ洗っといて」

「おう」

下げられた皿を流しに運び、洗い始める。

それにしても、と思うのは、昨日のあの美少女のことだ。

名前当てゲーム、というおかしな勝負を仕掛けられることになるなんて、わけが分からない。

何のヒントもなしに、知り合ったばかりの相手の名前を当てろ、だなんて、そもそもゲームとして成立してないじゃないか。

あらかじめ複数の選択肢や名前に繋《つな》がるようなヒントを提示してくれているわけでもない。しかも間違えればこちらが罰ゲームを受けるというおまけつき。

そもそも、彼女はなぜそんなゲームを持ち掛けてきたのだろう。彼女の名前そのものより、そちらの方がよっぽど気になる。

財布を届けてくれるくらいの優しさを向けてくれるのに、名前は教えてくれない。しかも、この店の常連ときた。両親とも見知った間柄のようだし。

そんなことあるか？

そんな不平不満を脳内で愚痴りながら、俺は〈ムーンナイトテラス〉の見習いとしてせっせと働いていた。

ここで働けばあの娘《こ》と会う機会が増えるぞ、という下心丸出しの理由ではないということだけは信じてほしい。ましてや、あの娘と仲良くなれるかもというスケベ心全開の理由でもない。

「ほら、皿洗いが終わったら次はトイレ掃除。トイレットペーパーの補充も忘れないように。その後は表を掃いてきて」

母がきびきびと指示をする。

「はいよ」

食器を洗っていても、白い便器をブラシで擦《こす》っていても、店の前を箒《ほうき》で掃いている時でも、頭の片隅にあの娘の顔が浮かぶ。

長い茶髪に大きな瞳。すっきりとした頬に高い鼻。ほんのりと桜色をした唇にメロンでも詰めているのかと思うほどの胸部装甲。シルクのような白い肌にぬくもりのある落ち着いた声。

そこらのアイドルよりも桁違いに可愛《かわい》い。

あの美少女のことを考えていると、なぜかしら、胸がざわつくのだ。

まさか、一回り近く年下の女の子に恋をしたというのか？

たしかにあの娘は美人だし、胸も大きくていい匂いがして……

って、馬鹿野郎。

なんて変態野郎なんだ俺は。

ああ、こうやって箒を動かしながら考えているだけでも、ハラハラドキドキする……

「……」

ん？

ハラハラ？

なぜハラハラするんだ。

この時、俺は彼女に対する感情の中に、一種の緊張や警戒心のようなものが混じっていることに気づいた。もちろん、好意がほとんどを占めているのだけれど。

自分の感情が自分で分からない。

頭の中を「？」が埋め尽くしていく。

外の掃除を終え、中に戻った。時刻はそろそろ四時を過ぎようとしている。

「終わったぜ。客もいないし、ちょっと休むかな」

「何を言ってんの。お客さんがいない時はお父さんにコーヒーの淹《い》れ方《かた》を習うんだよ。それと、客、じゃなくて、お客さんと呼びなさい」

からんころんと軽やかなドアベルの音。

入口に目をやる。

視線がそこに一瞬で釘付《くぎづ》けになった。

胸の鼓動が加速し、声がうわずる。

「い、いらっしゃい、ませ」

暖かい春の夕刻。

「こんにちは、勇《ゆう》さん」

俺を悩ませる、例の美少女が立っていた。

「エスプレッソを、テラス席の方にお願いします」

そう言って、出入り口からテラス席に出ていく。

「ほら、勇。注文は？」

母がにやにやしながら言う。

「あ、ああ、エスプレッソ一つ」

お盆にエスプレッソの入ったカップを載せ、俺はテラス席で待つ美少女の下へ急ぐ。

「お待たせしました。こちら、エスプレッソになります」

「ありがとうございます。勇さん、ここで働き始めたんですね」

「ええ、まあ」

通りに面したテラス席に座り、夕陽《ゆうひ》のおだやかな光を受けながらカップを口元に運ぶ美少女。

絵になるなぁ。この場面を写真で撮ってトレースするだけで、誰もが納得する名画ができそうだ。

美少女がすっとこちらに目を向け、にこりと微笑《ほほえ》む。

「今日はいい天気ですね。ぽかぽかしていて、気持ちがいいです」

「はは、そうですね」

「敬語は使わなくてもけっこうです。私の方が年下なんですから」

「ところで、前に言ってた、名前を当てられたら、その……なんでも、言うことをきくってのは」

「文字通りの意味です。私にしてほしいこと、なんでも言ってください」

言いながら美少女は立ち上がると、俺の方へ一歩近づいてきた。

甘く、柔らかな香りが俺の鼻腔《びこう》をくすぐる。

くらっと、そのまま意識を奪われてしまいそうなほどいい匂いだ。

「え、あの、っちょ――」

彼女は俺の胸に人差し指を当て、一言。

「なんでも、してあげますよ？」

＊

ふふふ、気になってる、気になってる。

ちょっと恥ずかしいけど、狼狽《ろうばい》してる勇にぃを見られるなら我慢できる。

いつ気づくか、気づいた時の反応はどんなものか、想像するだけでわくわくする。

「そうだ、今日はちょっと見てほしいものがあって」

私は椅子に戻ると、バッグの中からある物を取り出した。

この鈍感《にぶちん》を弄ぶのも楽しいことには楽しいが、やはり最終目標は自分の正体に気づいてもらうことである。

しかしながら、有月《ありつき》勇という男の鈍さは子供の頃からよぉく知っている。

なので、こちら側からちょっとずつ匂わせて、ヒントを与えてやらねば。

「それは？」

勇にぃが手元を覗き込む。

「最近占いに凝ってまして」

私が取り出したのは、いかにも胡散臭《うさんくさ》そうな星座占いの本だった。

懐かしいスピリチュアルタレントの顔が表紙を飾り、『運命』だの『神秘』だのという
これまた胡散臭さ全開の単語が目につく。

占いなんてものは話半分程度にしか信じていない私ではあるが、この星座占いは勇にぃ

に対して有効な武器となるはず。なぜなら――

「勇さん、お誕生日はいつでしょう？」

「誕生日？　十月二日だけど」

「ということはてんびん座ですね。ちなみに私は六月二十五日生まれのかに座です」

よし！

さりげなく話題を誕生日に移し、自身の誕生日を勇にぃに教えることに成功した。

これはささいなようでいて、非常に攻めたヒントだ。

子供の頃、勇にぃが上京するまで毎年祝ってもらった記憶が私にはあった。誕生日が同じ人間にはそうそう出会わないものだろう。

六月二十五日＝春山未夜《クソガキ》の誕生日という式が勇にぃの脳にはインプットされているはずなのだ。これはもしかして気づいちゃう？

勇にぃの反応を窺《うかが》う。

「へぇ、そうなんだ」

薄っ！

何そのうっすい反応は。

占いなんて子供じみたもん信じるかよ、って顔してる。

いや、気づいてよ。

小一の時、私にハート型のヘアピンくれたでしょ？

今でも大事に持ってるよ？

なんなら明日付けてきてやろうか？

ぐぬぬ。

予想はしていたが、かなりの強敵である。私は改めて有月勇という男の鈍感さを認識した。

＊

なんか知らんが、美少女が睨《にら》んでくる。

なんだ、占いなんて子供じみたもん信じるかよ、というのが顔に出てしまったか。

まずい、怒らせる前に占いに興味があるふりをしなくては。

「お、面白そうな本だなぁ、ちょっと見せてよー（棒）」

「どうぞ」

「あ、相性占いのページもあるみたいだー」

俺は目次欄を開きながら言った。

「見てみようかー、なんて……」

「いいですね」

機嫌は直ったようだ。俺は急いでページをめくる。

どうせこういう本にありがちな、やたらふわっとしたことばかりが書いてあるのだろうが。さて、てんびん座とかに座の相性は、と。

『てんびん座の男の子とかに座の女の子の相性は九十パーセント』

「マジか！」

「へぇ……へへ」

『まさに神が愛した二人。あらゆる相性がビンビンに抜群！　もうあなたたちの行く手を阻むものはありません。あるとすれば、それは二人が結ばれる前にすでに乗り越えたものです。つまり、あなたたちは大きな障壁を共に乗り越えることで深く繋《つな》がることができるのですっ！』

やっぱりふわっとしたことしか書いてないじゃないか。しかし、こんな美少女と相性九十パーセントというのは悪くない。むしろいい。いや、別に俺はロリコンじゃないが。

「えへへ、九十パーですって」

向こうもまんざらでもない様子である。

しかし障壁というのは、やっぱりこの娘の名前、か。

うん、まさに障壁だ。

彼女という個を知るためのもっとも重要なパーソナルデータである名前。それを知らないことには、関係の発展は期待できないだろう。

エスプレッソを飲み干したところで美少女が言う。

「さ、それじゃあ今日の答えを聞きましょうか」

「あ、うーん」

今の段階では推理の材料すらない。

やはりまだ当てずっぽうで答えるしかないな。

「えーと、琴森麗子《ことものれいこ》、とか?」

「ハズレです」

「だろうね」

「では罰ゲームです」

そう言って彼女はバッグに手を入れる。取り出したのはサインペンだった。

「え?　まさか?」

「安心してください、水性ですから」

笑いをこらえながら、きゅっきゅっとペンを走らせる美少女。

ああ、もう鏡を見なくても、皮膚に伝わる感覚で何を書いているのか分かる。

「おじさんとおばさんに美味《おい》しかったですと伝えてください。ではさようなら」

こうして、『肉』の称号とエスプレッソの代金を受け取り、俺は店内に戻った。

3

「ふひひ」

私はベッドに仰向《あおむ》けになり、星座占いの本を掲げる。

「えへへ～」

これでもか、というくらい折り目のついたそのページを眺め始めて、いったいどれくらいの時間が経《た》っただろうか。全く飽きが来ない。

『てんびん座の男の子とかに座の女の子の相性は九十パーセント』

『まさに神が愛した二人』

「ふへ、えへへへへ」

こんな旬の過ぎたスピリチュアルタレントの出した占い本に信憑性《しんぴょうせい》など全くないことは頭では分かっているが、それでもそこに並んだ文字を眺めていると、顔のにやつきが抑え切れなくなる。

勇にぃもどぎまぎしてたし、結果オーライだよね。

せっかく誕生日を教えたのにこちらの正体に気づいてくれなかったことに多少の怒りと悲しみは感じた。

が、人間とは不思議なものである。

嘘《うそ》っぱちだと分かっている占いの結果を見ただけで、そんな負の感情は吹き飛んでしまった。

なるほど、占いにハマる女子の心理を少しだけ理解できた。

「――ぇ」

ただ、これがゴールではない。この占いにあるように、障壁を乗り越えなくては二人の仲はそもそも進展しないのだ。

「――ねぇ」

どうやって、気づかせよう。今回は割と攻めた一手だと思ったのだが、それでもあの鈍感は気づかなかった。

ただあまり露骨なヒントを与えてしまうとなんだかこっちが必死みたいに思われるし――事実必死なのだが――、もっとこう、巧《うま》い作戦を練らなくては。

「おねぇってば！」

「ひゃっ」

本を取っ払われ、代わりにぷんぷんとほっぺたを膨らませた妹の顔が視界に入った。

「あっ、未空《みそら》、どうしたの？」

春山《はるやま》未空。私の妹で、九つ年下の九歳児である。長い茶色の髪をローツインにまとめ、少し大きめのシャツと短パンを合わせている。

「どうしたじゃないでしょ、ご飯の時間だよ。さっきから何回も呼んでるのに。気持ち悪い顔して全然聞かないんだもん」

「き、気持ち悪いって」

「早く、ママが怒るよ」

「わ、分かったよぉ。それ、返して」

未空はひったくった本をぱらぱらとめくり、

「おねぇ、彼氏なんかいたことないのに、こんな本読んで意味あるの？」

「むっ」

子供は歯に衣《きぬ》着せないから恐ろしい。こちらが傷つくようなことをピンポイントで放ってくるのだ。

別に彼氏が欲しいわけじゃないし。

好きになれるような男の子が身近にいなかっただけだし。

今は違うし。

「そ、それは子供が読むものじゃないの。返しなさい」

「こんなの子供だって信じないって」

こ、このクソガキぃ。

昔はお姉ちゃん、お姉ちゃんってくっついてきて可愛《かわい》かったのに、最近はなんだかいちいち反抗してくるというか、張り合ってくるというか。

「ほら、そんなことより、晩御飯だって」

本を閉じ、ぽいっとベッドの上に放り投げると、未空はぱたぱたと走り去っていった。

「もうっ。全く、未空は」

食後、自室に戻るとスマホの通知ランプが光っていた。確認してみると、ラインのメッセージが入っている。

「誰だろ」

ベッドに倒れ込み、ラインを起動させる。見知った名前が映し出される。

『勇《ゆう》にぃ帰ってきたって本当？』

先ほど勇にぃが帰ってきたという報告をしておいたのだが、それを見て返事を送ってきたようだ。

私も返事をする。

『本当だよ』

すぐに既読がついた。

『マジか。じゃあ明日行ってみるよ』

明日？

『ちょっと待った』

メッセージを送った後、私は慌てて電話をかける。行くのはいいが、私の情報はシャットアウトしてもらわねば。『未夜《みや》に聞いたよ～』なんて話されたら、全てがぱぁだ。

「あ、もしもし？　眞昼《まひる》？」

『クソガキ』との思い出……♥……その2

クソガキとショッピングデート

1

「いーい？　勇くんの言うことはちゃんと聞くこと。もし迷子になっちゃったら、絶対に変な人についていかないで、迷子センターに行くのよ。眞昼ちゃんも朝華《あさか》ちゃんも分かった？」

　未夜の母、春山未来《みく》は腰に手を当ててクソガキたちに注意を促す。

「「はーい」」

　クソガキたちは声を揃《そろ》えて元気な返事をした。

「じゃあ、勇くん、あとはよろしくね」

「はい、任せてください」

　今日は家でダラダラと過ごす予定だったのだが、クソガキたちと近場のショッピングモールに行くはめになった。

　小学校低学年だけで行くのは心配だから、と未来が付き添う予定だったのだが、どうも急な予定が入ったらしい。それをうちの母が聞きつけ、俺に保護者として白羽の矢が立ったというわけだ。

田舎において、大型ショッピングモールとは娯楽の聖地と言っても過言ではない。

専門店や映画館、フードコートにゲームセンターなどがテナントとして入り、休日は家族連れやカップルでいっぱいになる。

十分ほど歩き、目的のイ◯ンへ。やはり人でごった返している。

「いいかぁ、お前ら。こんな人の山の中ではぐれたりなんかしたら、見つけるのに一苦労だからな。絶対走り回ったり、一人で勝手な行動したりすんなよ」

俺が大人としてそう言うと、未夜はやれやれといった感じで、

「勇にぃこそ、迷子になるなよ」

「なるか」

「デートじゃないからな、調子に乗るなよ」と眞昼。

「乗るか」

「ねぇねぇ、まずはどこに行く？」

未夜はきょろきょろと周囲を見回す。

普段から親の買い物に付き合って来ているだろうに、まるで初めて訪れたかのように興奮している。

子供たち同士——俺もいるが——でショッピングモールにやってきたことがよほど嬉《うれ》し

いのだろう。朝華は特に目を輝かせている。

「えっと……あそこに行こう」

朝華はエスカレーターを指さす。大きな麦わら帽子にゆったりとしたワンピース姿の彼女を先頭に、二階へ。

まず訪れたのは、メルヘンチックな内装の雑貨ショップだった。小中学生をメインターゲットにしたであろう店内は、その予想にたがわず年頃の少女たちで賑《にぎ》わっている。

「あ、これ可愛い」

苺《いちご》の形をした消しゴムを手に未夜が言う。

「未夜、こっちのがいいんじゃない？　匂い付きだぞ」

眞昼が持っているのは、匂い付きの消しゴムで、未夜と朝華はくんくんと子犬のように鼻を鳴らす。

少女向けの文房具コーナーではしゃぐ、三匹のクソガキ。

普段は生意気だが、こうして年相応にきゃっきゃしているところを見ると可愛らしいじゃないか。

それはそうと、

「……」

このショップに男は俺だけしかおらず、周囲からの視線が気になる。こんなところを知り合いにでも見られたらと思うと……

俺もまた、そういうのを気にするお年頃なのだ。居心地の悪さに耐えながら、クソガキたちが買い物を終えるのを待つ。

「次はゲームコーナーに行くぜ」

今度は眞昼が先陣を切る。

「おい、そんな急ぐなって。はぐれるだろうが」

けばけばしいライトで彩られたゲームセンターには、メダルゲームに音ゲー、ライド型のシューティングなど、様々なゲームが立ち並んでいる。その横にはフードコートが併設されており、子供から大人まで幅広い年齢層が集まっていた。

音ゲー。

「うおおお、朝華めっちゃ速い」

「ばちの動きが見えねぇ」

「フルコンボじゃんか、すっげぇ」

シューティング。

「横、横のやつを撃って」

「回復回復」

メダルゲーム。

「今のシュート入ったって」

「このゴリラ、なかなかやる」

「メダルなくなっちゃいました」

レースゲーム。

「誰だ、ここにバナナ置いたの」

「勇にぃがビリだっ！」

「ふん、ザコめ」

一通りゲームを楽しんだ後は、フードコートでランチタイムだ。

「うぅ、もうお腹《なか》いっぱい。勇にぃ、あげる」

「あたしも」

「お前ら、よく白飯だけ残して人に差し出す勇気があるな」

「勇さん、私のハンバーグちょっとあげますから」

「おう、ありがとな」

腹も満たされたところで、今度は本屋へ向かった。

昼時だからか、それとも偶然お客さんの入りがいいのか、店内はどんどん過密になっていた。混み合ってきたなぁ、と横を向いたその時――


どんっ！

「いたっ」

「あ、すいません」

「ああ、いや、こちらこそよそ見をしてて」

陳列棚の死角から出てきたおばさんとぶつかってしまった。本来であれば避けることができたのだが、スペースがなかったのだ。それほどまでに今日のイ◯ンは混雑していた。

「本当にすいませんねぇ」

おばさんがいなくなると、俺は視線を戻して、

「いやぁ、まいったまいった。あれ？」

視界に映るのは見知らぬ買い物客ばかり。

「あいつら……どこだ？」

2

全身の血の気が引く。あいつら、迷子にならないようにあれだけ言っておいたのに。

いや、今のは俺のミスだ。俺が目を離したから……

周囲に目をやるも、あいつらの姿はない。俺がおばさんとぶつかったことに気づかず、先に行ってしまったのか。

人波をかき分け、本屋へと急ぐ。

「頼む、頼む」

目的地は変わらないのだから、本屋の入り口辺りでひょっこり待っているかもしれない。

しかし、

「……いない。糞《くそ》」

本屋を隅から隅まで捜し回ったが、未夜も眞昼も朝華も、見つからなかった。

不吉な想像が脳内を埋め尽くす。

ど、どうすればいい。

もし、不審者にでも連れ去られてたら……

お、俺がしっかりしていないから……

ピンポンパンポーン、と放送が店内に流れる。

『迷子のお知らせをいたします』

はっと我に返る。

そうだ。迷子センターに行って、放送をしてもらおう。いたずらに店内を動き回るより、ずっといい。

そう思い立ち、俺はサービスカウンターへ急いだ――

『市内よりお越しの、有月《ありつき》勇君』

は？

『白い服に茶色い半ズボンを着た有月勇君をお見かけした方は、お近くの係員まで、ご連絡ください』

ちょっと待て。

は？

『繰り返して、迷子のお知らせをいたします。市内よりお越しの、有月勇《ゆう》君。お友達が探しておられます。お心当たりのある方は――』

「あ、あのクソガキども……」

いや、たしかにはぐれたのは俺のせいだし、迷子になったら迷子センターに行くようにと未来からも言われてはいるが。

俺の方を迷子として呼び出しやがるとは……

＊

「全く、世話が焼けるぜ」

眞昼《まひる》はサービスカウンターに寄りかかり、呆《あき》れた声で言った。

「大人になって迷子になるなんて、ホント、ザコだよね」

未夜《みや》は肩をすくめ、やれやれと頭を振る。

「あっ、来たよ」

朝華が人混みから出てきた有月を発見し、指をさす。

「お、お前ら……」

「全く、勇にぃ。高校生にもなって迷子になるなんて……あれ？」

「うわぁ、なんか怒ってるぞ」

「逃げろ」

「待てこら、クソガキども」

その後、散り散りになって逃げたクソガキたちを捕まえるため、イ○ン中を駆け巡ったとさ。

クソガキはカブトムシが好き

1

立派な角。黒々と輝くボディに堂々としたフォルム。夏の子供たちの憧れの的。甲虫王者《カブトムシ》である。

飼育ケースを横から覗《のぞ》き込みながら、さやかが言う。

「あらー、すごいわねぇ。これ、未夜ちゃんが捕まえたの？」

「うん。さっき捕まえたの。昨日森に罠《わな》を作ってー、お父さんと一緒に朝早く起きてー、いっぱい見つけた」

「そうなの、すごいすごい」

「カブトムシ捕まえるの初めてだったけど、簡単だったー」

「そう、よかったわねぇ」

「おばさんも触ってみたい？」

「ふぇっ!?　え、ええっとおばさんよりも、勇に、そう先に勇に見せてあげたら？　あの子、昔よくカブトムシ捕まえてたから」

「そうか、勇にぃにも見せてあげようっと」

未夜はケースを抱えて階段に向かった。

2

「あっちぃ」

俺の部屋にはエアコンがなく、常に窓全開である。蒸し暑い風をかき混ぜながら、扇風機がむなしく首を振っている。

さっきまでやっていたテレビゲームも、暑さで頭が働かず、放り出してしまった。ベッドの上で仰向《あおむ》けに寝転がっていたら、どたどたと階段を駆け上がる足音が聞こえてきた。

ああ、またうるさいのがやってきたな。

「おらぁ、勇にぃ、生きてるか？」

「生きとるわ。何の確認だ……ってお前、それ」

「すごいでしょ、さっき捕まえてきたんだ」

言いながら、未夜は手に持ったケースを誇らしげに掲げた。

「えぅ……」

一瞬にして体温が下がる。にじんだ汗は冷や汗に変わり、体が硬直する。

「……」

有月勇、虫触れない系男子。

いや正確に言えば今は虫触れない系男子である。

子供の頃は、カブトムシやクワガタを捕獲しに山へ繰り出し、草むらでバッタやカマキリを見つければ素手で捕まえたものだ。

セミがいれば網を振りかぶり、トンボを追いかけ回した。

小学四年生の時には自由研究として捕獲した虫たちで標本を作り、当時大流行していたアーケードゲームから取った異名、昆虫採集王《ムシキング》と呼ばれたこともあった。

それがいつからだろうか。

カブトムシの裏側《おなか》を気持ち悪いと感じるようになったのは。

大人になるにつれて、虫が触れなくなることはそう不思議なことではない。子供だから目につかなかったところに、大人になってから気づき始め、不快に感じてしまうのだろう。

「かっこいいでしょ」

「え？　ああ、うん」

それにしてもこいつ、女の子なのにカブトムシ好きなのか。未夜はちょこんと座り、ケースの蓋を開ける。

「ほら」

無造作に小さい方の角をつまみ、カブトムシを取り出す。

やめろ、裏側を見せるな。

うねる足に黒光りする表面。しかもなんか毛みたいのがふさふさ生えて、なんというか、そう、キモイ。

突然取り上げられて、カブトムシも激しく抵抗している。うねうねと激しく足を動かす様は、もうゴキブリと変わらん。

ああ、そう。特にこの足の付け根辺りが……

「勇にぃにも触らせてあげる」

「え？　いやいいよ」

「遠慮しないでー」

「いや、マジで大丈夫だから……俺、カブトムシアレルギーだから。裏側を近づけんな」

「昔カブトムシいっぱい捕まえてたっておばさんが言ってたよ」

あのババア。

「ほい」と未夜はカブトムシを俺の膝に乗せる。

「おひぃ」

ちくちくとした感触が直《じか》に伝わった。瞬時に肌が粟立《あわだ》つ。

「うおおおお」

カブトムシが動くたびにカサカサと不快なこそばゆさが肌の上を走る。

「ん？　もしかして勇にぃ、怖いの？」

にまにましながら俺を見上げる未夜。

ま、まずい。

虫ごときにビビってることがバレたら、またこいつに舐《な》められてしまう。

『勇にぃって大人なのに虫が怖いんだ。弱っちぃの』

そう言いながらけたけた笑う未夜が容易に想像できる。

「はっ！」

いつの間にか、カブトムシは服を登って俺の胸の辺りまで到達していた。

やめろよ？

それ以上は登るんじゃないぞ？

引き返してください、お願いします。

俺の気持ちが伝わったのか、カブトムシはそこで歩みを止める。無機質な目と視線がぶつかる。

この、自我が存在しなそうな目も苦手だ。虫というのは意識があるのかないのか、全く読めないのも気持ち悪いと感じる要因になっている気がする。

「……」

「……」

俺とカブトムシはしばらくの間、互いに目を合わせたまま固まっていた。さぁ、おとなしく来た道を引き返すんだ。これ以上登ろうものなら、服の内側からデコピンを食らわせてでも引き剝がしてやるぞ。

「……」

「……」

しかし、やつは俺の想像を遥《はる》かに超える行動に出た。

ぶぉん、という音とともに、やつの背中が割れ、薄い羽が広がっていく。

「え？」

「うわー、すごーい、かっこいい」

未夜の黄色い声援を受けながらカブトムシは飛び立ち、部屋の中をはばたき回る。そして再び俺の方へと飛んでくると、そのまま俺の顔面に着陸した。

「ぴょ」

それからのことはよく覚えていない。人生で生まれて初めて気絶というものを経験した、ある夏の午前のことである。

＊

「いいか、絶対に眞昼と朝華《あさか》には言うなよ」

「カブトムシに負けたザコにぃ」

「あれはだな、突然飛んだから――」

「ざぁこ、ざぁこ。あははは」

階下に降りると、母がキッチンから声を投げる。

「未夜ちゃん、お昼食べてきなー」

「うんー。あのね、おばさん、さっきねー勇にぃ、いや、ザコにぃがねー」

「るせぇこら。ったく。お、茹《ゆ》でエビじゃん」

テーブルにはそうめんと酢の物、そして丸ごと茹でたエビが並んでいた。父はもう食べ終わったようで、席を立つ。

「おお、旨《うま》そうだ」

エビは俺の大好物である。

さっそく一つ取る。挟むように指に力を加え、背中のところをぱきっと割って頭をもぎ取る。そして束になった足のところを剝いで身を取り出す。赤く茹で上がった身はぷりぷりで旨そうだ。

「ん？　どうした未夜？」

急に静かになりやがって。

青ざめた顔でこちらを見ている。

「勇《ゆう》にぃ、すごい」

「？」

「それさ、ほぼ虫じゃん」

「……？」

よく分からないが、ザコにぃとは呼ばれなくなった。

「ほら、未夜《みや》ちゃんも食べな」

母がざるに入れたそうめんのおかわりを持ってくる。

「あ、うん」

さっきまでの威勢はどうしたのか、昼食中はずっと静かな未夜だった。

翌日。

「あー、あちぃなぁ」

今日も今日とて暑い。ベッドの上でごろごろしながら、俺は漫画を読む。

「勇にぃ！」

未夜の声が聞こえ、階段を上る振動がベッド越しに背中に伝わる。この騒々しさからして、クソガキ全員で来やがったな。

戸口に視線を向けて待っていると、ややあって勢いよく扉が開かれ、未夜が飛び込んで来た。案の定、眞昼《まひる》と朝華も一緒である。

「おお、お前ら――」

見ると、眞昼と朝華はなんだか息が荒く、慌てているような様子だ。何かあったのだろうか。

未夜の方はいつもと変わらない。テレビの前に陣取り、俺の許可も得ずに勝手にゲームの準備を始める。

「眞昼ちゃん」と朝華が後ろから囁《ささや》くと、眞昼はちらっと未夜の方を見て、

「ゆ、勇にぃ」

「なんだよ」

いつもの元気がない。

「未夜から聞いたんだけど」

そこまで言って、眞昼は口ごもる。朝華は眞昼のTシャツの裾をぎゅっと握り、目を泳がせていた。

なんだなんだ、状況が読めないぞ。

聞きにくいことなのか？

意を決したのか、眞昼は口を開いた。

「勇にぃ、カブトムシの殻を剝《む》いて食べたってほんとか？」

「……は？」

「カブトムシってぷりぷりで美味《おい》しいんですか？」

「昨日のことを眞昼たちに話したのか？」

「未夜が言ってたぞ。昨日、勇にぃが殻を剥いて丸ごと食べてたって」

「昨日？　そりゃ、お前、エビを——はっ。おい未夜、お前、昨日のことを眞昼たちに話したのか？」

未夜は一連の話を聞いていなかったようで、首だけ少しこちらに向けて、

「うんー」

「何の話をしたんだ？」

「えー、カブトムシで気絶したのと、殻付きのエビって虫みたいだったってー」

「はぁ」

あれだけ眞昼と朝華には話すな、と念押ししたのをスルーされてしまったのはもういい。

問題は、カブトムシの話とエビの話を同時にしてしまったであろうことだ。子供の話というのは得てして、主語が抜けていたり、組み立て方がおかしかったりするものだ。

おそらく、カブトムシで気絶した話と昼食にエビの殻を剥いて食べた話がごっちゃになって伝わった結果、俺がカブトムシを茹でて殻を剥き、その身を丸ごと食べたと勘違いしているのだ。

「味は、味はどうなんだ？」

「クワガタも食べられるんですか？」

それから、眞昼と朝華の誤解を解くのに小一時間ほどかかったのは言うまでもない。

クソガキとプール

1

「先輩方に、礼」

後輩たちがいっせいに頭を下げる。

「ありがとうございましたっ！」

館内に後輩たちの声が響き渡る。

今日は俺の所属する男子バスケットボール部の引退式。地区予選で一回戦負けを喫し、二年生への引継ぎや部室の清掃などの諸々《もろもろ》の雑事も終わったため、俺たち三年生は今日、七月三十日をもって正式な引退となった。

バスケは高校に入って始めた。中学までは野球をやっていたが、高校の野球部は一年通して丸坊主にしなくてはいけないらしく――中学は夏の大会だけでよかった――、断念した。

どうせなら運動部がいいと思っていたのと、当時人気だったバスケ漫画の影響でバスケ部に決めた。入部当初はドリブルすらままならない有様だったが、仲間たちと共に練習に明け暮れた日々はとても充実していた。

「じゃ、打ち上げは明日の夜七時から、みんなの希望通り〈億昌園《おくしょうえん》〉で。解散」

顧問の先生がそう締めくくり、場は解散となった。ちなみに〈億昌園〉とはこの地方で展開されている焼肉チェーンである。

「なあ、有月《ありつき》。明日暇か？　打ち上げまで遊ぼうぜ」

同じ三年の遠藤《えんどう》が声をかけてきた。坊主頭に一八〇センチは優に越える長身。お調子者な性格のくせに頭が回り、ガタイのいいカ○オ、といった表現が一番的確か。

「悪い、ちょっと昼間は野暮用があって」

「なんだよ野暮用って」

「いやぁ、ちょっとな」

「じゃあまた明日な」

「おう」

遠藤は別の部員のところへ向かう。

「――ったく、じゃあ影山《かげやま》、遊ぼうぜ」

俺は明日に控える面倒事を憂え、息をついた。

2

翌日、七月最終日。

「あっちぃな」

今日は特に日射《ひざ》しが強く、まるで肌が炙《あぶ》られているような気さえする。まあ、絶好のプール日和ではあるのだが。

古き良き市民プール。近年開園した大型のレジャープールに客を奪われがちだが、混み具合はそこそこである。

プールとくればやはりビキニのお姉さんだろう。水と戯れるボン、キュッ、ボンのお姉さんたちに思わず目が奪われる。

いつかあんなスタイルのいい女の子とプールに行ってみたいものだ。

「……はぁ」

俺は息をつく。

「こら、なんでため息ついてんだー！」

「仕方ないよ眞昼。勇にぃは夏に弱いんだ。ザコなんだ」

未夜が肩をすくめた。

「すごいいっぱい人がいるね」

朝華が言う。

「はぁ」と俺は再び息をついた。

悲しいかな、こっちにはつる、ぺた、すとんのクソガキが三匹。例によって例のごとく、クソガキたちのお守りを頼まれたのである。

「よし、行くぞ」

「行こう行こう」

「待てぇい、お前ら。まずは準備運動だ。体をしっかりほぐしてから入らないと心臓がびっくりするからな」

「こっちは勇にぃの驚きの白さにびっくりだけどな。あたしより白いぞ。もやしみたいだな」

眞昼が鼻で嗤《わら》う。

「うるせぇ！　俺は屋内球児なんだ、ってそんなことはどうでもいい。ほら、さっさとやる」

「「「はーい」」」

準備運動を入念に行い、いざプールへ。

「それから、絶対プールサイドは走るなよ」

「分かってるって、おりゃ」

未夜が底が浅めの子供用プールにジャンプする。

「飛び込むのも禁止！」

ぽんぽん、と肩が叩《たた》かれる。

「ん？」

朝華《あさか》がしぼんだ浮き輪の空気栓を咥《くわ》えていた。

「勇さん、浮き輪膨らませてくださいー」

「なんだ、朝華は泳げないのか。貸してみ」

途中まで頑張ったようだが、小学一年女児の肺活量では厳しいようだ。

「ほれ」

「ありがとうございます」

パンパンに膨らんだ浮き輪を身につけ、朝華はプールにジャンプする。

「いえーい」

「飛び込むなって！」

「うるさーい、くらえ」

未夜と眞昼がばしゃばしゃと水をかけてくる。しかし所詮は子供の腕力。たいした量は飛んでこない。

「ガキどもめ、本当の水かけというものを教えてやるぞ。おらぁー」

「うわー」

「散れ、挟み撃ちだ」

やれやれ。クソガキどもの相手は本当に疲れる。ま、今夜は焼肉だから多少のことは我慢してやるか。

子供用プールでひとしきり遊び、食堂でラーメンを食べる。

それにしても泳いだ後のラーメンはなぜこんなに旨《うま》いのか。

「ねぇ、あれ乗りたい」

未夜《みや》が奥の方を指さす。大きなパイプがうねりながら上から下に伸びている。このプールの目玉、ウォータースライダーだ。

「あー、あれなぁ。たしか子供は乗れなかったんじゃなかったか?」

「えぇ、差別ですか?」と朝華。

「お前、そんな言葉どこで覚えた」

「いいじゃんか、行ってみようぜ」

眞昼《まひる》に手を引かれながら、ウォータースライダーコーナーへ。行ってみると、やはり身長制限があった。一二五センチ以上なければ乗れないようだ。

「ほら、ここのボードの前に立ってみろ。この赤い線に届かないと乗れないんだ」

案の定、三人は誰も届かなかった。

「むぅ」と不満そうな未夜。

「あっちの小さい方なら制限なしで滑れるぞ。行ってこい」

それほど傾斜のない、滑り台型のウォータースライダーが併設されている。こちらなら小さな子供でも安心して滑れそうだ。

下の方で待っていると、未夜が戻ってきた。

「どうした？」

「大人と一緒じゃないと滑れないってー」

「え？」

未夜は俺の手を取り引っ張っていく。

「ほら、早く」

どうしてこうなった。

「け、けっこう高さあるな」

実際に滑る段階になると、恐怖心がじわじわと湧いてきた。スライダーを覆うパイプ部分がない分、直《じか》に高低差を感じてしまう。

しかし、ビビってるのがバレてはいけない。やつらのことだ。「ザコザコ」と煽《あお》り散らすに決まっている。

膝の上に未夜を乗せ、スタート地点に座る。

「行くぞー」

「暴れんな。しっかり摑《つか》まってろって、うおおおおお」

未夜の華奢《きゃしゃ》な腰を支えながら一気に滑り降りる。ゴールの水面が迫り、下半身に寒気が走ったかと思うと、すでに視界は水の中だった。

「あはははは一。たーのしー」

これ、本当に子供用か？

「よし、じゃあ次はあたしな」

眞昼が待ち構えていた。

「え、ちょ、待っ……」

いや、これはヤバいって。

「早く、混んじゃうじゃん」

「ひえええええ」

「次は私です」

「うおおおおおおお」

結局、三人×四回の計十二回滑らされた。

3

その日の夜。億昌園で部活の打ち上げだ。

「あれ、有月、お前どうしてそんな日焼けしてんだ？」

遠藤が不思議そうな顔をする。

「あ、こいつの手首見ろ。片方だけ日焼けしてないぞ」

ロッカーキーのバンドをつけていた部分だけ、日焼けしなかったようだ。

「お前もしかして……プールに行ってたな？」

「ああ、まあ」

　まずい。バレた。

「お前、俺が誘った時、野暮用があるって言ってたよな？　友達の誘いを断るほどの相手って、女か？」

「女？」

「有月に彼女？」

「誰と行った？　抜け駆けは許さんぞ」

　他の部員が押し寄せてくる。

　い、言えない。クソガキたちにプールでこき使われていたなんて。

「吐け！　誰だ？」

「もしかして同じクラスの下村《しもむら》さんか？」

「違うから、マジでそういうんじゃないから――」

　彼女のいない部員たちが俺を取り囲む。結局、肉どころではない焼肉パーティーとなってしまった。

第三章……嫉妬、そして嫉妬……

1

四月五日。

穏やかな水曜日。日当たりのいいテラス席にもたれてうとうとすれば、そのまま気持ちのいい夢の世界へ旅立てそうだ。

「ありがとうございましたー。さて、一段落ついたな」

昼時の忙しい時間帯を越えると、客足はまばらになり余裕が生まれる。

コーヒー一杯で長居をしていた営業風のおっさんのカップを片付けながら、俺はおっさんの死相が張り付いた顔を思い出す。彼もまたブラックな世界に身を置く戦士なのだろう。

その世界からいち早く転生できた俺は運がよかった。正直、したっぱとしてこき使われているという点に関しては、家業でも同じなのだが。

午後二時。

完全に客が途絶えた店内にドアベルが響いた。

「いらっしゃいませー」

言いながら俺が振り向くと、すでに客は俺の目の前まで迫っていた。いや、迫っているというより、その客——黒髪ショートカットの美少女——は俺の方へ飛び込んできた。

「わぷ」

豊満な胸に顔が埋《うず》まり、い、息ができない。

温かくて、柔らかくて、なんだかいい匂いがして……ってマジで息ができん。

死ぬ。死んじまう。

「ぐむむ、は、離れて、いったいなんなんだ」

状況が全く理解できず、混乱するばかりの俺だった。

なんで見知らぬ爆乳美少女が俺に飛びついてくるんだ。こんなぶっ飛んだ女、ラブコメの世界でもなかなかお目にかかれないだろ。

「へへ、ごめんごめん」

美少女は言いながら離れる。名残惜しいぬくもりを顔面に感じながら、俺は目の前の美少女を観察する。

女の子にしては上背があり、一七〇センチは優に超えていそうだ。ちょうど一七〇センチの俺よりも数センチばかり背が高い。肌は白く、シルクのように美しい。そして俺を殺しかけた凶悪な胸部兵器。

「ん？　お前、まさか」

ボーイッシュでキリっとした顔立ち。黒髪ショートカット。そして俺を舐《な》め腐ったようなこの腹立つ瞳。

記憶の中の引き出しから、あの元気娘が飛び出してくる。

この美少女、いや、こいつは――

「お前、眞昼か？」

＊

どうもみなさん、こんにちは。春山《はるやま》未夜です。

今日は始業式なので、授業もなく、午前中に学校が終わり、部活に顔を出してからやってきました。

おばさんに頼んで裏からこっそり入らせていただき、今、私はキッチンの入り口の陰に隠れています。お店の方からは死角になるので、バレることはないでしょう。眞昼が勇《ゆう》にぃに会いに行くというので、余計なことを言わないように見張ろうと思っていたのですが……

突然ですが、ここで一つ問題です。

私は今、とーっても怒っています。それはなぜでしょうか？

「いやぁ、久しぶりだなおい、眞昼」

「へへ、勇にぃは全然変わんないな」

「お前も変わらんぞ。まあ、いろいろでっかく育っているけど」

なぜでしょーか？

「それにしても久しぶりだな。十年ぶりか」

「十年間、一回も帰ってこなかったから十年ぶりだな」

「それには深くて暗いわけがあるんだって」

再会の喜びを分かち合う二人をよそに、私は嫉妬の炎に燃えていた。

はああああ？

何？

なんなの？

なんで眞昼にはすぐに気づいてるわけ？

いやちょっと待って。

はあああああ？

まあたしかに眞昼は小学校の頃からずっとあんな感じだし、髪型も性格も変わってないけどさ。

私の時と雲泥の差じゃない。

ていうか眞昼、なにいきなり勇にぃにおっぱい押し付けてんのさ。勇にぃもデレデレしちゃって。

眞昼がカウンター席に座る。

「おじさん、コーラね」

「かしこまりました」

「ほら、一杯付き合えって」

コーラを飲みながら、眞昼《まひる》は勇にぃを横に座らせる。

「なんで十年も帰ってこなかったんだよ」

「話せば長くなるが、まあ簡単に言うと帰省する機会がなかったんだ」

東京でのことを語る勇にぃの顔には苦労が窺《うかが》える。それを振り払うように、彼は話題を転じる。

「眞昼はたしか今年で高三だろ？　部活とかやってんのか？」

「ん？　ああ、あたしはバレー部。一応キャプテンなんだぜ？」

「バレー？」

「小六から始めたんだ」

「バレーか――って、キャプテン？」

「うん、まあ一応ね」

眞昼は誇らしげに、それでいてちょっと気恥ずかしさも混じっているように顔を赤くする。

「あんな生意気だったお前がキャプテンとは……目頭が熱くなるな」

「……もう、子供じゃないからね」

「馬鹿言え。俺からしたら今でも子供だぜ」

「……馬鹿」

「その制服、北高《きたこう》か？」

「うん。今日始業式だったんだ。昨日まで合宿でさぁ――」

ああ、もう私もそういう話したい！

何二人でしんみり思い出に浸ってんのさ。

う〜。

「そういや、未夜《みや》と朝華《あさか》は元気か？」

昨晩、名前当てを持ち掛けた美少女の正体が私であるということはバラさないように口を酸っぱくして言っておいた。

上手《うま》くごまかして。

「ん、まあぼちぼちだよ。朝華は全寮制の高校に行ったから、会う機会は少なくなったけどな」

「ふうん、あいつらどんな感じに成長してんだろうなぁ。未夜なんて、きっとあのまま成長してたらとんでもないギャルかヤンキーに……ん？　なんで笑ってんだ？」

「ふぇ？　いや、別に」

笑いをこらえる眞昼。事情を知る彼女からすれば、今の勇にぃと私を取り巻く状況は面白くてたまらないのだろう。

「いやだってさ、ああ、なんでもない」

眞昼は笑いをこらえるように口元を押さえる。

「なんだよ」

「なんでもないって」

眞昼が口を滑らせる前に、二人を引き離しておこう。私はスマホを取り出し、メッセージを送る。

『眞昼、イ○ンのマ○クに集合（怒）』

「そうだ、今度あいつらも連れて――」

眞昼はメッセージに気づいたようだ。

「ああ、勇にぃ。今日はもう帰るわ」

「え？　もう？」

眞昼が立ち上がると、勇にぃは寂しそうな表情を見せた。

「ご馳走様《ちそうさま》。またな」

「おお」

眞昼が店を出ていくのを確認してから、私も裏口から抜け出した。

早足で。

2

「いやぁ、勇にぃ全然変わってなかったよなー。ちょーっと髪の毛が薄くなってたくらいかな？　ハハハッ」

イ〇ンのマ〇ドナルドの窓際の席である。

眞昼はポテトをつまみながら、私のものより格段に大きな胸をテーブルに乗せ、バレーで鍛えたむちっとした足を無造作に組んで座っている。

ただそこにいるだけで、男どもの視線を集める魔性の存在。

現に今も、あちらこちらのテーブルから卑猥《ひわい》な視線を感じる。

「見ろよ、あの二人、めちゃくちゃレベルたけぇ」

「おい、お前声かけて来いよ」

「いやお前が行けよ」

ちらちらとこちらの方を見ながら、男たちは声をかけるかかけないかを相談している。

「はぁ」

知らない人に注目されるのは苦手だが、今はそんなことを気にしている場合ではない。

もっと重大な問題が目の前に立ち塞がっているのだから。

「なんで眞昼にはすぐ気づくの！」

私は身を乗り出した。

おかしいじゃない。

私の時はいろんな作戦を駆使しても全然気づいてもらえなかったのに、眞昼と再会した時は一発で気づくなんて。

差別だ！

陰謀だ！

理不尽だ！

「なんでって、あたしに聞かれても……」

言いつつ、ナゲットに手を伸ばし、むぐむぐする眞昼。

「まあ、未夜は昔とキャラ変わったしな。控えめになったっていうか、落ち着いたっていうか」

「眞昼はずっと眞昼のまんまだしね」

「どういう意味だよそれ。っていうかさ、最初に会った時に言えばよかったじゃん、『久しぶり勇にぃ、未夜です』って」

「ぐぅ」

「なんで言わなかったの？」

正論である。しかし、正論で解決できないからこその乙女心なのだ。

「だって……駅で偶然会った時、私の方はすぐに気づいたのに、勇にぃは気づかなかったんだよ？　同じ日にまた会った時だって。そんな状況で自分から名乗ったら……そしたら」

「そしたら？」

「まるで私が気づいてもらいたくて必死みたいじゃん！」

「いや、そうじゃん」

眞昼はシェイクに手を伸ばす。

「違うもん」

「なんちゅー面倒くさい女だ」

「面倒くさくないもん。私はただ、泳がせておいた勇にぃがいざ本当のことに気づいた時の、動揺や驚いた様を楽しみたいだけなんだから」

「うわぁ」

「ちょっと眞昼、引かないで」

「引いてないから大丈夫」

自分でも突っ走っている方向がヤバめなのは分かってる。

「でも向こうは完全に別人だと思って接してるわけだろ？　全くヒントもないままだと多分ずっと気づかないんじゃないか？　あの勇にぃだよ？」

「それは分かってるよ」

眞昼は二箱めのポテトに手を伸ばす。

「大人の十年と子供の十年じゃ、見た目の変化が違いすぎるって。子供は成長するんだから。親戚の子供とか一年会わないだけでびっくりするくらい変わったりするもん」

「だから、それについてはね、一応やってることがあるの」

「やってるって何を？」

そうして、例の名前当てゲームについて説明すると、眞昼は青ざめた顔で、

「……え？　そんなことしてんのか」

「ちょっと、眞昼引かないでよ」

「いやこれはさすがに引くわ」

「ともかく、これからは眞昼にも色々協力してもらうからね」

＊

あたしは思う。

未夜は昔から意地っ張りなところがあるからなぁ。性格はおとなしめになったけど、そういうところは全然変わってないんだよなぁ。

多分あたしが助け舟出して名前をリークしたらめちゃくちゃ怒るだろうな。

ま、面白いからほっとくか。勇《ゆう》にぃもそのうち気づくだろ。

それにしても十年ぶりの勇にぃ。

過去の思い出が脳裏に浮かぶ。

いろんなことをして遊んでもらったっけ。

プールに行ったり、ゲームをしたり、お祭りに行ったり。今になって思い返せば、けっこう迷惑をかけてたなぁ。

胸に手を当てれば勇にぃの顔の感触が蘇《よみがえ》る。

心臓が激しく脈打つ。

「……」

「眞昼、今なんかえっちなこと考えてるでしょ」

「は？　違うし」

「っていうかさ、何いきなり勇にぃにおっぱい押し付けてんの？　痴女じゃん」

「いや、あれはただ抱き着いただけだって」

「抱き着く必要ある？」

「そりゃ、十年ぶりに会ったんだから、気持ちが高ぶって抱き着くくらいするだろ」

「し、しないから！」

「昔は未夜もよくくっついてたじゃん」

「あれは子供だったから……って、変なこと思い出させないで」

「今になって振り返ってみれば、あたしらけっこうなクソガキだったよな」

「うん」

「でも、楽しかったよな」

「……うん」

窓ガラスの向こうの雑踏を眺めながら、あたしたちは勇にぃとの思い出話に花を咲かせた。

3

ホームルームが終わり、終礼の鐘が校内に響き渡る。生徒たちが教室から廊下に吐き出され、密度が逆転する。

人が少なくなった教室であたしはググっと伸びをした。

「んん～」

人混みは好きではない。

胸をじろじろ見られるのが恥ずかしいのだ。胸が膨らみ始めてから、目の動きですぐにどこを見ているのかが分かるようになった。特に男はまともに目を合わせるよりも前に視線が下の方に行くやつばかりで本当にうんざりする。

持つ者には持つ者の悩みがあるのだ。

廊下を行き来する生徒が少なくなるのを待つ。

「ふわぁ」

もう外から運動部の掛け声が聞こえ始めた。

時刻は四時十分。

そろそろいいかな。

今日は部活がオフなのでのんびり羽を伸ばそう。

「眞昼《まひる》」

戸口から声を投げられた。見ると、未夜《みや》の姿があった。

「今日オフでしょ。一緒に帰ろ」

「おう」

二人並んで校門を抜ける。

「勇にぃのとこ寄ってくか？」

「もちろん。あっ、でも私の名前は出しちゃダメだからね」

「分かった分かった」

でもあたしと一緒に行ったらさすがの勇にぃでも気づくんじゃないかなぁ。もしかして未夜のやつそれが狙いだったりするのか？

『眞昼と謎の美少女は繋《つな》がりがある↓二人は昔から友達？　↓昔といえば未夜？』って感じで。

うーん、この推理の流れはちょいきついか。

もう、つまらないプライドはさっさと捨てればいいのにな。やがてあたしたちは〈ムーンナイトテラス〉に到着した。

「いい？　念を押すけど、私のことは名前で呼んじゃダメだからね？　勇にぃに自分から気づかせなきゃいけないんだから」

「へいへい」

　未夜がドアを開ける。

「いらっしゃいませ」

　時間が時間だからか、けっこう混んでるな。ちょうどテーブル席が一つだけ空いていたので、そこに落ち着く。

　まもなく勇にぃが注文を取りに来た。あたしたちを見るなり、不思議そうな顔をする。

「おっす、勇にぃ」

「あれ、眞昼、お前、この娘《こ》と知り合いなのか？」

　あんたも知り合いだよ。

「ああ、まあ、同じ高校の友達だよ」

　嘘《うそ》は言ってない。

「こんにちは、勇さん」

　勇さん？

　なんだ、その脳みそがかゆくなるような呼び方は。

「あ、どうも」

　勇にぃも勇にぃでデレデレした顔を作る。

「今日はお忙しそうですね」

「いやぁ、この時間帯はいつもこうですよ」

「大変ですね」

「それが仕事ですから。はっはっは。それにしても二人が友達だなんて驚いたよ」

「眞昼さんと知り合いだったんですか？」

「こいつがこーんな小《ち》っちゃい時から知ってますから」

勇にぃは腰の辺りに手のひらをかざして言う。

「へぇ、そうなんですね」

……なんだこいつら。

あたしは何を見せられているんだ。

おい、勇にぃ。あんたがデレしてるその女は、十年前にあんたを振り回したクソガキだぞ。

「それじゃあ私はアイスコーヒーを。眞昼は？」

「ん？　あたしは……コーラで」

「かしこまりました」

頼んだものは五分ほどで運ばれてきた。グラスを満たす赤茶色の液体。パチパチと弾《はじ》けるような音を立てて泡がグラスの底から湧き上がる。一口飲めば、炭酸のしゅわしゅわが口内を刺激する。

なるほど、傍《はた》から見てる分には面白い状況だ。本人たちは大真面目なのが余計に面白い。

「勇、こっちはあたしらで回せるから、お嬢様方の相手をしておやり」

おばさんがにやにやしながら言った。あの顔はおばさんも一枚嚙《か》んでるな？

「え？　でも割と混んでる……」

「いいからいいから」

「そうか、じゃあお言葉に甘えて」

勇にぃがこちらのテーブルに座る。それを見計らったのか、未夜が切り出す。

「そういえば、眞昼はどんな子供だったんですか？」

子供時代の話題で記憶を呼び起こさせようという魂胆らしい。でもその聞き方だとあたしの子供時代を知らないから聞くって意味にも取れるんじゃ……

「そうだなぁ、一言でいえば、クソガキ、だったな」

「へぇ」

「勇にぃ、余計なことは言わなくていいぞ」

「空き家に忍び込んで迷子になったり、山の中に秘密基地を作ったり……」

「そうなんですか、大変でしたねぇ」

そうなんですかって、お前もその一員だぞ。

「眞昼以外にももう二人クソガキがいてなぁ。そのうちの一人がここの隣に住んでて
――」

未夜の目の色が変わった。

「ど、どんな子だったんですか？」

あたしは生唾を飲み込む。

なんだか嫌な予感がする。

勇にぃ、余計なことは言わない方が……

「それが、そいつが一番のクソガキだったんだ」

ばか！

「もう、毎日毎日突拍子もないことをやらかしたり、いたずらをしたりして、本当にもうクソガキって感じで」

そっと未夜の方に視線を向ける。

顔は笑っているが、目の横の辺りがひくついてる。

や、ヤバい。

「本当にやんちゃで、男の子みたいなことばっかりしでかして、俺が毎回尻拭いをしてやって、大変だったよなぁ？　眞昼」

「ソ、ソウダネ」

「そうだねって、お前もお前でかなりのやんちゃだったぞ」

「う、うん」

「へぇ、そうなんですか」

言って、未夜は静かにコーヒーを口に運ぶ。

未夜、怒る気持ちも分かるが、それは自分で蒔《ま》いた種だからな？

恨むならクソガキ時代の自分を恨めよ？

「そいつは未夜っていうんですけど、あの傍若無人なクソガキっぷりから考えると、きっと今頃ヤンキーかギャルみたいになってるんだろうな。はっはっは」

禍々《まがまが》しい圧を感じる。

女バレの全国大会に出た時も、表彰台に立った時も、こんなプレッシャーは感じなかった。

勇《ゆう》にぃ、その辺にしておけ。それ以上は生死に関わるぞ。

「それで、その子のことはどう思ってるんですか？」

「そうだなぁ」

勇にぃは顎に手を当てて考えるしぐさを見せた。

場の空気が張り詰める。大勢のお客さんがまったりと各々の時間を過ごしている中で、この席だけが異様な緊張感に支配されている。

なんか変な汗かいてきた。

頼むから余計なことだけは言わないでよ、勇にぃ。

未夜とあたしの視線を受けながら、勇にぃは口を開く。

「いろいろ迷惑はかけられたけど、俺にとっちゃ赤ん坊の頃から知ってる可愛《かわい》い妹みたいなもんだからなぁ。引っ越しちまったから会おうと思っても簡単には会えないだろうけど……また、会いてぇな」

「へ、へぇ」

全身がかゆい。

そんなクサいセリフを本人の前で堂々と言うなんて、本当に気づいてないんだな。これは未夜だって気づいた後が大変だぞ。

未夜も未夜で、すぐに機嫌よくなったし。

なんてちょろい女だ。

「そうなんですねぇ、早く会えるといいですねぇ♪」

声のトーンが一段高くなり、上機嫌のまま未夜は言う。

「それじゃあ、今日の答えを聞きましょうか」

答え？

そうか、名前当てゲームをやってるって言ってたな。

「え、ああ、えーっと、九条《くじょう》里美《さとみ》、とか」

なんだそのネーミングセンス。

「ハズレです。ですが、今日のところは罰ゲームはなしにしてあげます」

「え？　いいのか？」

「はい、今日は機嫌がいいんです。それじゃ、行きますよ。眞昼」

「え、うん。じゃ、勇にぃ、またな」

「おう」

店を出ると、ご機嫌な調子で未夜はスキップを始めた。そんな幼馴染《おさなじみ》の背中を見ながら、あたしは思う。

こいつら、めんどくさっ。

4

——昼休みの校舎裏。人気《ひとけ》のないこの場所に、私は呼び出された。

待ち受けていたのは下級生の男子生徒。

「春山《はるやま》先輩、付き合ってください」

差し出された彼の手を見つめながら、私は小さく後ずさった。

自分で言うのもなんだか鼻につくが、告白はよくされる。

しかし、誰が相手だろうと私が告白にOKの返事をすることはないだろう。

これまで、同じ世代の男の子相手に私の心がときめくことは一度としてなかった。また、クラスの女子たちが熱中している恋バナにも、私は全く共感できなかった。

テレビの世界のイケメン俳優やアイドルたちにも心は無反応だったし、二次元の世界の住人にも全く興味が湧かない。

一時は恋愛そのものに興味がないのかも、と悩んだが、結局それも違った。

「ええと……」

「俺、マジ惚《ほ》れたっす。年上とか、そういうの全然気にしないっすから」

私を呼び出した男子生徒は自信満々に笑みを浮かべる。

「その……ごめんなさぃ」

消え入るような声で私は告げた。こういう場面は、本当に苦手だ。

「えっ!?　な、なんで？」

相手は今年入学したばかりの一年生。すごく可愛いイケメンだと、ちょっとした騒ぎになっていた。

恋愛には苦労した経験がないのだろう。彼はあまりのショックで顔を引きつらせていた。

「なんで……って言われても」

興味ないし、と言ったら傷つくだろうか。

「ほかに、好きな男がいるんすか？」

今度は怒ったように詰め寄ってくる。

「……」

あの時、駅で再び勇にぃと会った時、胸にいろんな感情が飛び込んできた。

懐かしいという気持ち。

嬉《うれ》しいという気持ち。

寂しかったという怒り。

なんで一度も帰ってこなかったのという怒り。

なんで気づかないのという怒り。

そんな中に、今までの人生で味わったことのないようなときめきが紛れていることに私は気づいていた。

私は恋に興味のない冷たい女じゃなかった。ただ、その対象がずっと遠くにいただけなのだ。

踵《きびす》を返し、私は駆け出す。

「あ、待ってよ」

「ご、ごめんなしゃィ……あっ」

振り向きざまに言ったので噛んでしまった。そのまま校舎に飛び込み、階段を駆け上がる。向かう先は……

「……はぁ、はぁ」

踊り場まで走ったところで息が上がってしまった。お腹《なか》の横辺りが痛い。そこからはゆっくり踏みしめるように歩を進めた。

北校舎の最上階、一番西側の教室。そこが私のオアシスだ。

「おつかれー、ふへぇ」

「なんでそんなに息が上がってるのよ」

革張りのソファに深くもたれながら、野中星奈《のなかせいな》は尋ねる。

「いやぁ、実はさ――」

私は事の次第を説明した。

「まーた、告られたの？　本当にすごいわね、あんた」

ここは私の所属する推理小説《ミステリ》研究会、通称ミス研の部室。

壁一面を埋める書棚には、古今東西の本格推理小説《ミステリ》がみっちりぎっちりしまい込まれている。

ちなみに私が推理小説にハマったのは、勇にぃの影響である。彼も推理小説が好きだったようで、部屋には蔵書が残されていた。

勇にぃが上京して以降、寂しさを紛らわせるために彼の部屋にお邪魔することがよくあった。小学生だった頃は難しくてよく分からなかったが、中学生になってからだいぶ読めるようになり、ハマってしまったのである。

「さすがは北高《きたこう》三大鉄壁聖女の一人」

「やめてよぉ」

ちなみにこの星奈ちゃんはミス研の会長である。一五〇センチという小柄な体格に、セミロングの黒髪と黒縁の眼鏡といった地味女子であるが、三度の飯より殺人事件が大好きな変態だ。

「三年の龍石《りゅうしゃくま》眞昼《ひる》、春山未夜《みや》、そして二年の外神夕陽《とがみゆうひ》。アイドル級の美貌を持ちながら、いずれも彼氏を作らず、告白も一刀両断。この三人を攻略できた男子は一人としていないという」

「なんて説明口調」

眞昼もかなりモテる。しかも彼女の場合、女子からの人気も高いというから驚きだ。

「そうしてついた異名が鉄壁聖女」

「恥ずかしいからやめてって」

誰だ！

そんな中二っぽいセンスの異名をつけたのは。

「もう、それ本当に恥ずかしいんだから」

「分かった、分かったって」

「はぁ」

最低でも月に一度は誰かから告白される。その度に学校中から注目され、本当に恥ずかしい。

一部の女子からは嫉妬の目で見られるし、男子からは変に囃《はや》したてられたりする。でも本当は仲良くない人とは話すだけで緊張するし、ひどい時には緊張のあまり悪心が込み上げてくることもある。

根が陰キャな私は、他人に意識されることが苦手なのだ。

「はぁ」

本日二度目のため息。

「モテすぎて困るとは、贅沢《ぜいたく》な悩みだねぇ。本格推理小説《ミステリ》だったら、だいたい最初に殺される役だね」

なんてこと言うんだ。

でも男子に絡まれるのは本当に好きではない。

それから教室に戻った私は隅に置かれたゴミ箱の蓋を取って、袋を引っ張り出す。今日は私がゴミ捨ての当番なのだ。

「お、重い」

すると、

「あ、春山さん。それ俺がやっとくよ」

「え……あ、ありがとぅ、ございます」

クラスの男子が横から現れ、パンパンにゴミが詰まった袋をひったくると、そのまま持って行ってしまった。

五時限目の授業では、

「春山さん、俺さ、教科書忘れちゃったから見せてくれない？」

「え、いい、ですけど」

隣の席の男子が机を寄せてきた。彼はしょっちゅう教科書を忘れ、そのたびに私は教科書を見せるために机を合わせられる。

キンコンカンコンと鐘が鳴り、放課後を迎えた。

「なぁ、春山さん、今日みんなでカラオケ行かねー？」

「え、あ、いや、今日はちょっと……」

クラス一のチャラ男が声をかけてくる。その後ろにいる取り巻きの女子たちからはじろりと睨《にら》まれる。私が何したっていうんだ。

「ふぅ」

いつものようにぐいぐい絡んでくる男子たちを躱《かわ》し、なんとか今日も一日を終えることができた。今までだったらこのまま部室によって気心知れた部員たちとだべるか、家に帰って読書をするかの二択だったのだが……

校門を出ると、足が軽くなったように感じる。

羽の生えたような感覚。足取りは軽やかになり、胸が躍る。やがて〈ムーンナイトテラス〉の看板が見えてくる。

「い、いらっしゃいませ」

ドアをくぐると勇《ゆう》にぃの声が聞こえた。なんだか強張《こわば》っているような声色だが、疲れているのだろうか。

ここにくると、童心を思い出す。

「ふふ、こんにちは。勇さん」

私は不敵な笑みを浮かべる。

さて、今日はどんな作戦で気づかせてやろうかな。

時間は少しだけ遡り、未夜が〈ムーンナイトテラス〉を訪れる二十分前。

＊

＊

有月《ありつき》勇、虫触れない系男子。

いや正確に言えば今は虫触れない系男子である。子供の頃は、カブトムシやクワガタを捕獲しに山へ繰り出し、草むらでバッタ（以下略——

〈ムーンナイトテラス〉、トイレ手前の角。観葉植物の鉢の陰に、圧倒的存在感を放つものがいた。

「……」

暗くて見にくいが間違いない。

無駄にテカテカしたボディ、体長と同じくらいの長さの触角、そして本能が拒絶する嫌悪感。俺の虫嫌いセンサーがビンビンに反応してやがるぜ。

間違いない、やつだ。

こんなところでやつと出くわすとはな。東京ではあまり見かけなかったが、やはり田舎は違うな。

人類の敵。

黒光りする悪魔。

G。

太郎さん。

黒い弾丸。

やつを表す二つ名は、それこそ人類がやつに抱いた恐怖の数だけある。しかしながら、ここ〈ムーンナイトテラス〉は飲食店。気軽にその真名《しんめい》を呼ぶわけにはいかない。万が一客にやつの存在が知れれば、クレーム、客離れに繋《つな》がるリスクがあるのだ。

現在時刻は四時半。

アイドルタイムも終わり、客足が伸び始める時間帯だ。現在、店内には三組の客がいる。

老夫婦。

若いリーマン。

近所のおば様二人組。

今、やつの存在に気づいているのは俺だけだ。母は休憩に入っているし、父はキッチンで注文された料理を作っている。

父に援軍を要請したいのはやまやまだが、ここを離れている間にやつを見失う恐れがある。

つまり俺が対応しなければならないのだ。

できるのか、この俺に。

自慢ではないが、過去にカブトムシ相手に気絶したことのある俺だ。

「すいませんー、ちょっとお手洗いに」

おば様客の一人がトイレの方へ来た。

「え？　あ、すいません」

言いつつ、俺は鉢の前に避けてやつを死角に入れる。

い、今、俺の右足の後ろには、やつが……

考えるだけで冷や汗が出る。頼むぞ。そのままおとなしくしていてくれ。

さて、これからどうするべきか。考えられる選択肢は二つ。

1．客がはけるまで現状維持。
2．客に気づかれないように仕留める。

1．は難しいだろう。やつとて生物。今はおとなしくしているみたいだが、いつ動き出すか分からないし、見失ってしまったらと考えると……居場所が分かっているうちに仕留めるべきだ。
しかし、仮に仕留めることに失敗した場合、やつは当然逃げるだろう。それはもうとんでもないスピードで。

店内を縦横無尽に動き回るやつを客に見られたら、この店は終わりだ。おば様客がトイレから出てきたので、ようやく俺は鉢から離れる。

よしよし、やつはまだ動いていない。

俺は周囲を見回す。

周辺には武器になりそうなものなどない……か。

箒《ほうき》やモップがしまわれているロッカーは裏の方にあるし、殺虫剤は二階のリビングにあったのを見た気がしたが、いずれにせよここを離れることは避けたい。

となると、素手で叩《たた》き潰すしか……

いやいやいやいやいや、それだけはない。

親父《おやじ》め、飲食店のくせにやつが出るとか、どういう衛生管理をしてんだ。

「そうだ」

俺は名案をひらめく。

何か板のようなもので鉢を囲んでバリケードを作り、やつを隔離。そして客がいなくなったらゆっくり仕留めればいい。

「……ふっ」

なんて、そんな都合のいい板なんか存在しないけどな。親父め、さっさと戻ってこい。

そうすればアイコンタクトで伝えられるのに。

こうなったら、足で踏み潰すか？

素手で叩き潰すよりかは断然マシだが、今履いてるスニーカーはおろしたばっかりなんだよなぁ。

どうする？

俺はどうするべきなんだ？

からんころんとドアベルが響く。

「はっ！」

名前を知らない例の美少女が、入り口に立っていた。

ま、まずいぞ。女の子がやつを目にした時の反応なんか一つしかない。「きゃー」と叫び声を上げるに決まっている。

特にこんな虫とは無縁な生活を送っていそうな美少女のことだ。絶対驚いて泣き叫ぶはず。

「い、いらっしゃいませ」

「ふふ、こんにちは。勇さん」

美少女は不敵な笑みを浮かべる。

「勇さん、そんなところでどうしたんですか？」

ああ、こんな非常時でも彼女の可愛《かわい》さはとどまる所を知らない。可愛いという概念を擬人化したような存在だ。そんな彼女がやつを目にした日には……

「い、いや、いいから」

俺は背中を向け、美少女の視線を遮る。

「何か隠してます?」

「な、なんでもないから。おーい、親父、お客さんだぞ」

「怪しいです」

美少女はひょいと横に顔を出し、視線を下に向けた。

「あっ」

まずい、見つかった。お願いだから叫び声は出さないで……

「そういうことですか」

それから俺が目にしたのは、信じられないような光景だった。

美少女はさっとしゃがみ込むと、鉢の陰に手を差し込み、やつを拾い上げたではないか。

「ほい」

顔色一つ変えず、実に俊敏な動作であった。

「ええ!?」

「む?」

美少女は立ち上がり、その手を向ける。

やめて、裏側《おなか》は見せないで。

「勇さん。これ、フィギュアですよ。よくできてますね」

「へ？　フィギュア？」

「ほら」

明るいところでよく見ると、たしかにそれは精巧にできたフィギュアで、しかもそれはやつではなく、カブトムシのフィギュアだった。

「え？　どゆこと？」

「それは私のセリフなんですが……どういう状況なんですか、これ」

美少女は首を傾《かし》げた。

＊

私の手のひらの上に載ったカブトムシのフィギュアを、勇にぃとおばさんの二人が挟むように見下ろしている。

「店の中でゴキブリが出たら、どういう対応をするか教えたでしょ？　それが実践できるかどうか、こっそりテストしたのよ。まぁ、ゴキブリのフィギュアなんかうちにはないから、カブトムシのフィギュアで代用したけど」

呆《あき》れたふうにおばさんは言った。

「あ、そういえば。ゴキブリに対する嫌悪感で頭が正常に働いてなかったぜ」

「それにうちは駆除業者さんに入ってもらってるから、本物のゴキブリなんてここ十年は一度も見てないよ。ねぇ？　あなた」

おじさんが無言で頷《うなず》く。

「勇《ゆう》さん、虫が苦手なんですね」

どこからどう見てもカブトムシなのに。そういえば、勇にぃって昔カブトムシが顔にくっついて気絶したことあったたっけ。

懐かしい思い出を一つ思い出した私だった。

『クソガキ』との思い出……♥……その3

クソガキはつよくなりたい

1

八月に入り、いよいよ夏真っ盛り。

スイカ。

虫取り。

花火大会。

夏休みの風物詩といえば色々あるが、子供にとってもっとも身近なのは懐かしアニメの再放送だろう。

様々な過去の名作たちが、宿題と格闘する子供たちを誘惑する。

「面白かったなー」

俺の膝の上に座った眞昼《まひる》が言う。未夜《みや》と朝華《あさか》は用事があるらしく、今日は眞昼一人だけである。

「でりゃりゃりゃりゃ」

眞昼はすっくと立ち上がると、何もない空間めがけてほっそい手足で殴る蹴るの乱れ打ち。

「はっ、そこだ！」

微笑《ほほえ》ましい光景である。

「勇にぃ、勝負だ」

俺たちが観《み》ていたのは『ドラ〇ンボールZ』だ。こういうバトル系のアニメを見終わった後に、戦いごっこをしたくなるのは、誰もが通った道だろう。

「ふむ、かかってこい」

「たぁ」

眞昼のしょぼい右ストレートを、座ったまま手のひらで受け止める。

「くっ。でりゃっ」

次に繰り出されたのはキックだったが、これもまた簡単に受け止められるほど弱い。ま、小一女児の力なんてこんなものだ。

「ふはははは、なんだぁ？　いつも俺のこと弱っちぃと言う割には、こんなもんかぁ？全然効かねーぞ」

「うわぁ」

俺は立ち上がると、眞昼の両足首を掴《つか》み、逆さまに持ち上げてやった。大人げないとは思うが、普段の俺の扱いを考えるとこれくらいはしても許されるだろう。

Tシャツがめくれ、日焼けしていないお腹《なか》のへそが見える。

それにしても子供って軽いなぁ。

「このー、降ろせー、変態めー」

「誰が変態だ」

眞昼を降ろしてやり、俺は勝ち誇る。

「ま、これが俺の本当の力ってやつだ。分かったら、もう俺のことをザコと呼ぶんじゃないぞ？」

「くそー、修行をしてくるからな。覚えてろ」

悔しそうに捨て台詞《ぜりふ》を吐き、眞昼は飛び出していった。

「やれやれ」

少しやりすぎただろうか。

いや、たまには俺のことを舐《な》め切っているクソガキどもに大人の力をわからせてやらねば。

2

「うおおおお」

眞昼は公園の外周を走っていた。有月《ありつき》にあそこまでやられるとは、油断していた。

一生の不覚。

しっかりここで特訓をしてパワーをつけ、リベンジをしてやるぞ、と誓う眞昼。

「ふぅ、休憩」

水飲み場で水分補給をし、今度はジャングルジムへ。

頂上まで登り、地面を見下ろす。

ここから飛び降りて、ジャンプ力を鍛えるのだ。

「……」

一段、いや、もう二段ほど低いところからにしよう。別に怖くなったからではない。

「……」

もうちょっとだけ、下の方にしよう。

「えいっ」

勇気を振り絞り、ジャングルジムから飛び降りる。これで足の力はパワーアップしたはず。今度は腕を鍛えるのだ。

「ほっ、ほっ、ほっ」

うんていを半分ほど進むと、だんだん腕が痺《しび》れてくる。しかし、限界を越えなくては強くなれないのだ。いつもならあきらめる箇所をクリアし、なんとか、ゴールまで進むことができた。

「ふぅ、疲れた」

修行が終わったタイミングでちょうどよく正午の鐘が鳴った。一度家に帰ってご飯にしよう。エネルギーをしっかり補給するんだ。

「勇にぃ、待ってろよ」

全身に広がる疲労と夏の太陽の暑さに、眞昼はたしかな成長の兆しを感じていた。

3

部屋でのんびり読書をしていると、階段の方が騒がしくなった。ややあって、眞昼が飛び込んでくる。

「勇にぃ、もう一度勝負だ！」

現在時刻は午後一時半。あれから三時間ほどが経過していた。

「勝負？　もう決着はついただろう」

「あたしは修行をして強くなった」

眞昼は腕を組み、にやりと笑う。

「ほう？」

子供相手に本気になるのも大人げないし、今度は負けてやるか。

俺は立ち上がり、眞昼と向き合う。

「ふっふっふ。また俺にやられに来たのか？　何度やっても結果は同じだぞ」

悪役っぽいセリフを言ったりする。

「うるさーい。行くぞ」

言って、眞昼はよく日焼けした腕をめいっぱい伸ばす。

「暗黒の力が、流れ込んでくる」

怖いな。

「聖なる裁きを受けよ」

暗黒の力はどうした。

眞昼は広げていた手を胸の前に戻し、体を斜めに構える。

「くらえ、これが破壊の力だ」

せめて属性くらいは統一できないものか。まあ、子供だから仕方ない。それにしても子供の茶番に付き合う俺はなんて優しいんだ——

「えいっ」


ちんっ。


「はぐぅ」

一瞬にして、目の前が真っ白になった。切ない痛みが俺の全身を貫き、俺はその場に崩れ落ちる。眞昼の右拳が俺の股間《むすこ》にクリーンヒットしたのだ。

身長差が生み出した奇跡。

まさにジャイアントキリング。

「あ、あぁ」

幼い頃の思い出と、母の顔が次々と浮かんでは消える。内臓がせりあがるような感覚が俺を襲う。

「ひ、ひ」

痛みは治まらず、変な汗が出てきた。

「うわぁ、勇にぃ、大丈夫か？」

眞昼が俺の頭を抱え、膝に乗せた。

「ご、ごめん、本気を出しすぎた」

「あ、あぐぐ」

「それにしても、勇にぃを一撃で倒しちゃうなんて……あたしは、強くなりすぎてしまったみたいだ」

だ、誰か、助けて。

「……この力は封印しておこう」

誰か、誰か。

「いつか、真の敵を倒す時のために」

誰か……

クソガキたんけんたい

1

「たんけんたいをつくろう」

未夜《みや》が突然言った。

場所は春山《はるやま》家の未夜の部屋である。小学生になって与えられた一人部屋。ピンクを基調とした女の子らしい部屋だ。

「未夜ちゃん、探検って、何をするの？」

ジュースを飲みながら朝華が聞く。もっともな質問である。

「え？　宝を探したり怪物を倒したりするんだよ」

「ええ、怪物？　怖いよぉ」

「安心しろ朝華。怪物退治ならあたしに任せるんだ」

跳び上がるようにして立ち上がり、眞昼は言った。半袖半ズボンという活動的な服装の彼女はぐっと小さな拳を握り、

「あたしは一昨日《おととい》、勇《ゆう》にぃを一撃で倒した。怪物なんて一発だ」

「そうなの!?」

未夜が驚いて身を乗り出す。

「修行をしたんだ。激しい特訓だったぜ」

「すごいねぇ」と朝華《あさか》。

「女の子に負けるなんて、勇にぃってやっぱりザコだったんだ」

「まあまあ未夜。勇にぃはたしかにザコだったけど、あたしが強くなりすぎたせいでもある」

「眞昼《まひる》ちゃんカッコいい。安心かも。それで未夜ちゃん、どこを探検するの？」

「うーん、どこがいいかなぁ」

　未夜はベッドの上であぐらをかき、両方の人差し指を頭に当ててくるくると回す。

「まだ決めてなかったの？」

「えへへ」

「それならいい場所がある。実は前から気になってたんだ」

　眞昼が不敵な笑みを浮かべる。

「どこどこ？」

「ほら、商店街の先の道を山の方へずっと行くとさ、でっかいお屋敷があるだろ？」

「うん、あるね。あそこなんなのかなぁ」

「昔から誰も住んでないみたいで、二組の男子どもがさ、お化け屋敷だとか言って騒いでたんだ」

「お化け屋敷か、面白そう」

未夜はうきうきしながらベッドから飛び降りる。

「よーし、たんけんたい出動だ」

「おー」

「おー」

2

「ちぇっ、勇にぃめ。せっかくたんけんたいの部下にしてやろうと思ったのになー」

一同は〈ムーンナイトテラス〉に寄ったのだが、残念ながら有月は不在だった。さやかが言うには、ついさきほど出かけたらしい。

「ここだ」

三人が辿《たど》り着いたのは、古びた洋館だった。レンガ造りの壁はところどころ剝がれ落ち、曇った窓には蜘蛛《くも》の巣が張っている。

荒れ果てた前庭にはカラスが降り立ち、屍《しかばね》のような枯れ木が点在している。

周囲の民家とは全く異質の存在である。

錆《さび》付きのひどい鉄門を見上げながら、三人は息を吞《の》む。

少なからず恐怖心が湧き上がるものの、子供特有の好奇心がわずかに上回った。

「どこか入れる場所はないかな」

塀に沿って周囲を歩くと、裏手の塀の一部分が崩れ、穴が開いているのを発見した。

「ここから入れるぞ」と眞昼。

かがんで穴をくぐる。

そこは裏庭のようだった。

沼のような池。

雑草が生い茂る地面。

色褪《いろあ》せた白いベンチ。

そして上半身が崩れた天使の石像。

ここがかつてどのような場所だったのか、どのような人間が住んでいたのか。廃墟《はいきょ》にロマンを感じる好事家ならば、そんな感傷に身をゆだね、家人たちが在りし日の情景をおのずと想像することだろう。

――が、

「うわー、すっげぇ」

「本当にお化け屋敷みたいだ」

「ね、ねぇ。お化けとかでない、よね?」

クソガキたちにそんな感性など存在しない。

「未夜、あそこ」

眞昼が指さす先には、派手に割れた窓があった。誰かが割ったのか、それとも何か別の経緯で割れたのか。

　そんなことはどうでもいい。

　中に入れる。

　その事実に三人のボルテージはマックスになる。眞昼を先頭に、クソガキたちは遂《つい》に中へ踏み入った。

「うわっ、暗いなぁ」

　眞昼が辺りを見回して言う。昼間だというのに、内部は薄暗い。

「懐中電灯持ってきてよかったー」

　未夜は右手に持った懐中電灯のスイッチを入れた。光の線が暗闇を動き回る様はまるでビー○サーベルのようだ。

「眞昼ちゃん、手離さないでね」

「おう」

　朝華と眞昼はお互いに手を強く握りしめ合う。

　現在、三人は最初に入った部屋を抜け、長い廊下を歩いている。壁には絵画がかけられ、足元の絨毯《じゅうたん》は埃《ほこり》と湿気でひどく汚れている。

「すげーな、ホラーゲームの中みたいだぜ」

「ここの部屋はなんだろ？」

　未夜が右手に現れた扉を開ける。入ってみると、そこは書庫のようだった。天井まで伸びる書架に分厚い本がぎっしりと詰まっている。

「本ばっかだ。つまんないの」

廊下に戻る。その時だった。

「あれ？」と朝華。

「どうした」

眞昼が聞く。

「何か、あっちの方で……何かが動いたような」

「あっち？」

未夜が廊下の奥に懐中電灯の光を向けるも、その先には曲がり角があるばかりである。

「み、見間違いじゃない？」

「怪物か、あたしがぶっ倒してやるぜ」

「大丈夫？　眞昼ちゃん」

「大丈夫だって。さっきも言っただろ？　あたしは勇にぃを一撃で倒したんだから」

胸を張る眞昼を、尊敬のまなざしで見つめる未夜と朝華。

「おらぁっ、誰かいるのか？」

眞昼が声を張り上げる。しかしながら、返ってくるのはしんとした静寂ばかりである。

「うーん、やっぱり見間違い……かも？」

「進めば分かるよ、行こう」

光源を持った未夜を先頭に、一行はゆっくりと歩き出す。

無言になったからか、一歩一歩踏み出すたびに足元からきしむような音が聞こえるようになった。それがまた恐怖を煽《あお》る。

曲がり角まであと五メートル。

四メートル。

三メートル。

二メートル。

一メートル。

「階段？」

角を曲がると、二階へ続く階段があった。

光を斜め上に向ける。

「上に向かったのか、面白い」

眞昼がにやりと笑う。

階段を上がると、広いホールのようなところに出た。

明かり取りの大きな窓から差し込む陽光に、いっそう廃れた印象を受ける。カビの臭気が充満し、真夏なのにどこか空気は冷えているような気がした。

裏庭にもあった天使の石像が何体も配置されており、その無機質な瞳が三人を見据えている。

「な、なんか怖くなってきた……かも」

朝華が眞昼の手を強く握る。

「大丈夫だ、どんなやつがきてもあたしがやっつけてやる」

ホールを抜けると細長い廊下に出る。その左右にはいくつもの扉があり、その中の一つに三人は入った。

部屋の奥にも扉があり、そこに入るとまた別の部屋。そこを抜けると今度は廊下と、二階はかなり入り組んだ構造になっているようだ。

自分たちがどの辺りにいるのか、あっという間に方向感覚が失われる。

暗い部屋に入った。

ここは窓がなく、当然電気も通ってないので、懐中電灯の光だけが頼りだ。ずっと閉め切られていたからか、むわっとした空気で満ちている。

「きゃっ」

朝華が悲鳴を上げた。

ていた。


「どうした？」

未夜が駆け寄る。

「な、なんか、ぐにゅって。あそこ」

未夜が光を向けると、そこには燭台《しょくだい》があり、どろどろになったろうそくの残骸が溜《た》まっ
ていた。

おそらく、この暑さで柔らかくなってしまったのだろう。長い間放置され、劣化してし
まったせいもあるかもしれない。ともかく、朝華はそれを触ってしまったようだ。

「白いどろどろ、気持ち悪い」

「化け物の罠《わな》だ！」

「手、洗いたいよぉ」

「台所を探そう」

無論、この家は水道も止まっているため、台所など探しても無駄なのだが、そんなこと
とは知らずにクソガキたちはどんどん奥へと迷い込んでしまう。

「なぁ、なんか変な音しなかったか？」

眞昼が言う。

「そう？」

未夜は光を振る。

「なんか、はぁーって、息みたいな」

「やっぱりなんかいるんだよ」

　廊下を突き当りまで進むと、例の天使の石像が二体並んでいた。その真ん中には観音開きの真っ赤な扉があり、南京錠と鎖でがっちりと施錠されていた。家の中なのに、部屋の外側から閉ざされたその扉を前に、三人は息を呑む。

「な、何ここ」

「何かが封印されてるんだ……って、くさっ」

　未夜《みや》が扉の隙間に顔を寄せると、今まで嗅いだことのないような悪臭が鼻をついた。さすがのクソガキも、この家は何かがおかしい、と気づき始めた。

「ね、ねぇ、もうさ、帰ろうか」

　未夜が言うと、二人も頷《うなず》いた。

　そうして彼女たちは踵《きびす》を返す。

「あれ」と未夜。

「どうした？」

　眞昼《まひる》が聞く。

「どの道から帰るんだっけ」

＊

扉を抜け、また別の部屋に出ては扉を開く。ある時は廊下に出て、ある時は行き止まりにぶつかる。それを何度繰り返したことだろうか。

「ね、ねぇ、ここ、さっきも通らなかった？」

「で、出口、階段を探すんだ」

「またなんか音がしたぞ」

半べそをかきながらさまよう三人。

初めて訪れる場所で勝手が分からず迷う。

当たり前のことである。

頼れる大人はおらず、かといって、自分たちだけではどうしようもない。そのことに気づいた時、三人はようやく事の重大さを認識した。

もう二度と帰れないのではないか。そんな恐怖が足元から忍び寄る。

「わわっ」

眞昼が足元に転がっていた何かに足を取られ、転んでしまった。

「いってぇ、なんなんだよもぉ……！」

「大丈夫？」

「大丈夫？」

その辺りは壁板が腐って剝がれ落ちていたのだ。その中の一つに足を引っかけてしまったのだろう。

「うぅ」

じわりと涙がにじむ。

「もう、帰りたい……うわぁん」

普段は勝気な眞昼が見せた涙に、ほかの二人も釣られてしまう。

「うわぁあん」

「おかぁさーん」

三人はその場にへたり込み、わんわんと泣く。

「わあぁん」

「勇《ゆう》にぃー」

「誰か助けてぇー」

そんな三人に追い打ちをかけるかのように、謎の足音が背後から迫ってきた。

コツ。

コツ。

コツ。

「ひっ」

「だ、誰？」


コツ。

コツ。

コツ。


「なぁに、やってんだ。お前ら」

現れたのは、有月《ありつき》だった。

「勇にぃ！」

「勇にぃー」

「勇さん」

どうして彼がこんなところにいるのかは関係ない。安堵《あんど》の気持ちが涙になって押し寄せる。

「こら、ひっつくなって。暑いだろ。全く、帰るぞ」

3

「いいかぁ、知らない家に勝手に入っちゃいけねーんだぞ。見つけたのが俺だったからよかったものの、変態のおっさんだったらどうすんだ」

「ひっく、ぐす」

「うえぇん」

「勇にぃ、勇にぃ」

三人はまだ泣き止《や》まない。

それにしても、こいつらがあの家に侵入してきた時は肝を冷やした。

あの受け継がれし聖域《エロ本の捨て場》にな。

河原。

公園。

雑木林。

処分に困ったエロ本の捨て場として、そして捨てられたエロ本の鑑賞の場として、このような場所にお世話になった思春期男子は少なくないだろう。

あの空き家もその一つだ。

俺がここを見つけたのは小学校六年の時である。度胸試しに、と入った時、庭の一角にエロ本が大量に捨てられているのを発見したのだ。

住む者も管理する者もいなくなったあの空き家に、定期的にエロ本を捨てるもしくは隠す男がいるようで、俺はちょこちょこあそこを訪れてはエロ本の鑑賞を行っていた。

しかしながらあの家の中にまで入ったのは今回が初めてだった。

普段の仕返しにこいつらの後をつけて脅かしてやろうかと思ったが、泣き出してしまうとは。

生意気に見えて、まだまだ子供なのだ。

悪いことをした。

今日は帰ったらデザートでも奢《おご》ってやるか。

それにしても、あの家はなんだかヤバそうな雰囲気だった。

いったいなんだよ、あの閉ざされた扉は。

ヤバいもんでも閉じ込めてあんのか？

「おい、いつまで泣いてんだ」

「だってぇ」

その時、ぽんぽん、と背中を叩《たた》かれた。

「あー、君、ちょっといいかな？」

「え？」

振り向くと、そこには数人の警官が立っており、その後ろにはパトカーが停《と》まっていた。

いきなりのことに俺は固まる。

「は？」

「空き家から泣いてる女の子と男が一緒に出てきたって通報があってね。ちょっと話を聞かせてもらえるかな」

え？　は？

「君たち、もう大丈夫だからね」

「い、いや、違うんです」

俺の周りを屈強な警官が取り囲む。

「ちょ、待っ――」

「あそこの家で何があったんだい？」

中年警官がクソガキたちに聞く。

頼むぞ、変なことは言うなよ。

「白いどろどろがぁ」と朝華《あさか》。

「くさかったぁ」と未夜。

「痛かったぁ」と眞昼。

「……ちょっと、署の方で詳しく話を聞かせてもらおうかな」

「い、いや、違うんです。こいつらは知り合いの子供で」

「うん、話は後で聞くからね」

周囲の人々が白い目で俺を見てくる。

違うんだ。

誤解なんだ。

違うんだあああああああああ。

＊

結局クソガキたちが泣き止んで誤解は解けたが、散々な目に遭った。

第四章　……もうちょっとだけ……

1

「おー、懐かしいな。そうそう、こっちの体育館が……」

四月も半分を過ぎた土曜日。〈ムーンナイトテラス〉での仕事にも慣れ、久々の休みをもらった俺は、高校時代の母校を訪れていた。

敷地を東西に貫く並木道の両脇には、満開の桜が立ち並び、見事な桜並木を作っている。俺はそこをのんびり歩きながら、高校生活の思い出に浸っていた。

敷地の南側のグラウンドではサッカー部が練習をしており、その外周を陸上部の長距離選手が走っている。

ううむ、懐かしい光景だ。

今日は女子バレーボール部の練習試合があるらしく、それを見学しに来たのだ。

別に変な意味じゃなくて、眞昼《まひる》がキャプテンを務めているというので、どんな感じか見たいだけであり、別にスケベな目的ではない、と俺の名誉のために断言しておく。

あいつも俺と同じ高校に入学したのか、と考えると目頭が熱くなるな。年を重ねてから、だんだん涙もろくなってきた気がする。

バレー部の活動拠点である第二体育館に足を運ぶ。もうウォーミングアップは終わったようだ。選手たちはそれぞれの高校ごとに集まり、ストレッチの真っ最中だった。

さすがはバレーボール部。俺よりも体格のいい女の子がうようよいるな。

ええと、北高《きたこう》はあっちか。

眞昼、眞昼……

『覇気・信念・明朗』という母校の校訓が掲げられた横断幕の前に眞昼がいた。

何やら監督と打ち合わせをしているようだ。

今行くと邪魔になるだろう。

俺は二階に上がり、適当なところに腰を下ろす。ここを応援席にしよう。

話が終わったようなので、俺は声を投げる。

「おーい、眞昼ー」

「？」

急に声をかけられて、眞昼はきょろきょろと困惑したように周囲に目を配っていた。ちなみに今日俺が見学に来ることは言っていない。

「上だ、上」

「ゆ、勇にぃ！」

眞昼の小さな顔が上を向き、視線がぶつかる。

「おう」

眞昼が真下に駆け寄ってくる。近くで見ると顔が赤い。ウォーミングアップのおかげだろうか。

「なんだよ、来てたの？」

「眞昼キャプテンを応援しに来たんだ」

「からかうなって。それで、なんで今日試合だって知ってんだよ」

「うちの常連に相手の高校の選手のお母さんがいてな。偶然、土曜に北高と練習試合をするみたいな話を聞いたんだ」

「それで来たのかよ」

「来ちゃまずかったか？　あ、彼氏とかも来てたりすんのか」

「いや、あたし彼氏いねーから。応援すんのはいいけどさぁ。あんまし目立たないでくれよな」

「分かってるって。ここでじっくり見物させてもらうよ」

「……変態」

「なっ――」

いや、そういうんじゃないから。あくまで健全な気持ちでここに来てるから。

そう弁解しようとしたのだが、眞昼は踵《きびす》を返してチームメイトの方へ戻ってしまった。

＊

まさか勇《ゆう》にぃが来てるなんて。

ただの練習試合だってのに。

もうっ。

「眞昼先輩、さっきのってもしかして……彼氏ですか？」

「まっひーに彼氏？」

チームメイトたちが囲んでくる。

「ちょっと、あんたようやく彼氏できたの？」

「ああ、もう。違うから。そんなんじゃないって」

「でもずいぶん親しげっていうか、めちゃくちゃ顔赤いですよ。先輩」

「こ、これは暑くて」

「窓全開ですけど」

「鉄壁聖女の一角がようやく陥落か……」

誰だ、そんなガキ臭いセンスの異名をつけたのは。

「だーかーらー、あれは小《ち》っちゃい頃からお世話になってた兄貴みたいなもんだから」

「ふーん」

「へぇ」

「ま、そういうことにしといてやるか」

「ああ、もう」

勇にぃめ。

面倒なことになっちまったじゃんか。

帰りにとっちめてやる。

「ほ、ほら、そんなことより、そろそろ試合だぞ。練習試合だからって気を抜くなよな」

＊

円陣を組む選手たち。

眞昼がてきぱきと指示を出し、皆その言葉に耳を傾けている。

「北高ぉっ……ファイ！」と眞昼が声を上げる。一瞬遅れて、部員たちが続く。

「オー！」

試合が始まった。

バレーの細かいルールはよく分かっていないが、とにかく相手の陣地にボールを叩き込めばいいのだろう。

ボールが左右に飛び交い、選手たちが飛ぶわ跳ねるわ滑り込むわの大騒ぎ。

眞昼もしっかりキャプテンとしてやっているようだ。

ミスをした仲間がいれば傍《そば》に駆け寄ってフォローし、自分たちのチームに点が入れば誰よりも喜びを表現して皆を鼓舞する。

「あんなに……成長しやがって」

男の子みたいにやんちゃだった眞昼との思い出が蘇《よみがえ》る。

あの眞昼が。

あのちんちくりんで生意気で変に自信家だった、あの眞昼が、キャプテンとして仲間を率いている。

その姿に、俺は改めて十年という時間の流れの重みを感じた。

目頭が熱くなる。

「うおおおお、眞昼ー！」

気づけば俺は立ち上がり、声を張り上げていた。

＊

「うわ、なんだあのおっさん、泣きながら応援してる」

「ただの練習試合なのに……」

「まっひー、あの人さっきの人でしょ？」

「ははは、まあ、悪い人じゃないから。それより試合に集中」

「はい」

「はい」

「はい」

「眞昼ー、頑張れ！」

……集中できない。

あの男には恥という感情がないのか。

あんなにでかい声を出して。

もう、馬鹿にぃめ。

ま、応援自体は……嬉《うれ》しいけどさ。

＊

試合は無事に北高の勝利で幕を閉じた。

その帰り道。

夕焼け空にカラスが飛んでいく。

帰宅中のサラリーマンや買い物帰りの主婦たちに交じって、あたしと勇にぃは並んで歩いた。

「いい大人がガチ泣きしながら応援すんなよ。恥ずかしかったんだぞ」

「だって、だってよ、眞昼が、あんなに立派に成長してて……うぅ」

うわ、また泣き始めた。

しょうがねーなぁ。

「ほぉら、よしよし」

体を寄せて勇にぃの頭を撫《な》でてやる。

「……子供扱いすんな！」

「泣いてたんじゃねーのかよ」

「それにしてもすごかったな、あんなにスパイクって速いんだな」

「女子でも一〇〇キロ以上は余裕で出るからな」

「すごいな」

勇にぃが突然立ち止まり、こちらを見る。

その瞳はじっとあたしの目を見つめていた。

「十年ってさ、長いんだな」

いきなりそんなことを言う。

「そりゃそうだ」

二人で歩いた帰り道。

前に伸びる影はどちらも同じくらいの長さだった。

2

――月曜日の昼休み。

「お腹《なか》すいたぁ」

「おーい、未夜《みや》」

眞昼《まひる》が教室の戸口から呼ぶ。

「今行くー」

思い思いの場所で、そして仲のいい者同士で、午前の間勉学に励んだ生徒たちは息抜きの時間を過ごす。

食堂、窓際のテーブル席。

お昼時はいつも混み合うので、席を確保するのに苦労する。今日はなんとか室内に座ることができた。運が悪いと外の芝生の上で食べることになってしまう。まぁ、天気がいい日はそっちの方がよかったりするのだけれど。

「相変わらずよく食べるね」

眞昼の前に並んでいるのは大盛りのカツ丼セット。男子ですら食べきるのがやっとの量を、彼女はぺろりと平らげてしまう。調子のいい時はさらにおかわりをするのだから、恐ろしい。

あの胸は育つべくして育ったということなのだろう。私も大きい方だとは思うが、眞昼のそれは格が違いすぎる。

「今日は朝一で体育があったからな。未夜はよくそんだけで足りるな」

私の献立はサンドイッチにサラダにデザートのプリン。特筆するようなことはない。女子高生の昼食としては、至って普通である。

「そういえば眞昼、土曜って練習試合だったんでしょ？」

「ん、ああ。そうそう、西高《にしこう》とな」

眞昼はカツを一口頬張る。

「どうだったの？」

「勝ったに決まってんだろ」

眞昼は誇らしげに胸を張る。

「おめでと。さすがだね」

うちの高校の女子バレーボール部は地元ではなかなかの強豪として名が通っている。過去には日本代表として活躍する選手も輩出しており、眞昼が一年生の時には全国大会にも出場している。

「でもけっこうきつかったんだぜ？　なんせ予定外のトラブルが起きちまったから」

「え？　そうなんだ。予定外？」

珍しい。

メンバーに急な欠員でも出たのだろうか。それとも監督やコーチが来られなくなったとか？

眞昼はなぜか顔をほころばせながら言う。

「それがさぁ、勇にぃが応援に来て大変だったんだ」

「へぇ、勇にぃが……」

は？

「勇にぃには困っちゃうよな。もうぼろっぼろ泣きながら『眞昼ー！』、『頑張れー！』って。ほんと恥ずかしくってさぁ。勘弁してほしいぜ」

「へぇ」

顔を赤らめながら語る眞昼。

その正面で、別の意味で顔を赤くしている私。

「いい大人が人前であんなに泣いて、ただの練習試合だってのに、そんな感動することあるか？　全然集中できなくて迷惑だったよ」

「へぇ」

文面だけ見れば文句のように聞こえるが、彼女の顔に浮かんでいるのは、紛れもなく惚《のろ》気《け》だった。

「しかも帰り道にまた泣き出してさぁ。十年もあったらそりゃ人は成長するに決まってんのに、いつまでも子供扱いすんなって感じだよな」

「へぇ」

は？

何？

なんで勇《ゆう》にぃが？

「なんか店のお客に相手の高校の親御さんがいたらしくてさ、こっちは知らせてないのに勝手に来やがったんだ。別に頼んでないのになー」

言って眞昼は笑みを浮かべる。

「……へぇ」

ぐぬぬ。

頼んでないだぁ？

子供扱いすんなだぁ？

自虐風自慢じゃないの。

「勇にぃって昔からそういうとこあるよなー。おせっかいっていうか、心配性っていうか」

「……そうだね」

私の心は嫉妬の炎で燃え上がっていた。私が孤軍奮闘しているのを知ってるのに、勇にぃとイチャコラしおって。

幼稚園の年長さん以来の、十年以上の付き合いの、家族同然の親友だと思っていたのに……そう、そうやって抜け駆けするのね。

待てよ？

この赤らんだほっぺにとろんとした目。もしやこのおっぱい、勇にぃに気があるの？

私の背筋に悪寒が走る。

だとしたらマズい。

勇にぃの嗜好《しこう》はよく分からないが、胸だけで勝負したら、確実に私が負ける。

そういえば再会した時も抱き合うふりしてさりげなく勇にぃにおっぱいを押し付けてたような気がする。

もし勇にぃがおっぱい星人だったら……

「あわわわわ」

「泡？」

そうか、そうやって勇にぃを誘惑する気なんだ。

男子にじろじろ見られるのが恥ずかしいって中学の時に相談してきたのに、今になって武器としてフル活用する気ね？

なんて破廉恥な生き物……

「そうそう、その時に話したんだけどさ。今度三人で一緒に遊びにでも行くか？」

「行く♪」

「早く元の関係に戻りたいだろ？　あたしもさっさと十年前みたいにみんなでわいわいしたいからな。手助けしてやるよ」

行く行くぅ。

眞昼って本当に優しいなぁ。同い年だけど、お姉ちゃんみたいに引っ張ってくれて、気遣いができる子。

昔からそういうとこほんと尊敬してる♪

やっぱり持つべきものは親友ね。

さすがは幼稚園の年長さん以来の大親友。

「眞昼、プリンあげる」

「え？　いいのか？」

「うん」

「じゃあ、善は急げ。勇にぃに連絡してみるか」

眞昼はスマホを取り出す。

「あっ、連絡先知らないや。未夜知ってる？」

「私もまだ交換してない。とりあえず〈ムーンナイトテラス〉にかければいいんじゃない？」

「そうだな」

開け放たれた窓から春のそよ風が吹き込んでくる。私の心にも、さわやかな風が吹いていた。

3

午後四時半。駅前の広場。

「おっす、勇にぃ」

「こんにちは勇さん」

「おう」

深緑色のブレザーにチェック柄のスカート。足元は黒いローファー。高校の制服姿の二人は連れ立ってやってきた。

「わりぃな、待ったか？」

「いや、俺も今来たとこだ」

「そっか」

まるでデートの待ち合わせみたいなセリフだ。人生で自分が口にする瞬間が訪れることになるとは。しかも相手は十歳以上も年下の現役女子高生……

眞昼が謎の美少女も連れて三人で遊びに行かないか、と提案してきたのが今日のお昼のこと。

謎の美少女の名前を探るいい機会だと、二つ返事でOKしたのだが、よくよく考えてみるとアラサーのおっさんが女子高生と一緒に出掛けるなんて、倫理的にいいのだろうか。

眞昼はともかく、もう一人は名前も知らない美少女なわけだし……

周りから援交みたいだと思われてないだろうか。過去に様々な誤解による濡《ぬ》れ衣《ぎぬ》を着せられ、警察のお世話になりかけたことがたくさんあった——幸い誤解はきちんと解けたのだが——ため、ちょっと心配になってきたぞ。

「よっと」

言いながら、眞昼は俺の腕に自分の腕を絡ませてきた。暴力的なまでの柔らかさが俺の二の腕を襲う。

「なっ、おま、何してっ——」

「何って、よく手ぇ繋《つな》いだりしてたじゃん」

「それは昔の話な」

「別にいいじゃんか、デートなんだし」

「デートじゃねーよ」

今の眞昼の背丈は俺とほとんど変わらない。むしろ眞昼の方が数センチほど大きい。体を密着させると、すぐ近くに眞昼の顔が近づいてくる。

あっ、けっこうまつげ長いんだな。それに桜色の唇がぷるぷるしてて——

俺の馬鹿！

相手は眞昼だぞ？

いくら美少女に成長したからって、小《ち》っちゃい頃から知っている妹みたいな相手にドキドキしてどうする。

「じゃあ、私はこっちの手を」

言って、今度は謎の美少女が空いたもう片方の手をそっと握ってきた。

小さな手のひらのぬくもりが伝わってくる。

なんだ。俺が何したっていうんだ。

なんで神様はこんなラブコメみたいな展開を……？

俺は明日死ぬのか？

それとも十年間ブラック企業で苦労した分、穴埋めのご褒美をくれたのか？

文字通り両手に花の状態である。

そんな俺を、すれ違う人々――特に男――が睨《にら》んでくる。

「いやいや、やっぱマズいから。二人とも離れろって」

無理やり二人を振りほどく。

「むぅ」

「ちぇっ。まあいいか。そんじゃあ、どこ行く」

「特に決めてないが、どこか行きたいところあるか？」

「なんだ勇にぃ、女子高生二人侍《はべ》らせてるくせにノープランか」

「侍らせるなんて言葉使うんじゃねぇよ」

「あの、私、カラオケ行きたいです」

謎の美少女が提案した。

「カラオケ？　じゃあそこにすっか。いいか？　勇にぃ」

「ああ」

こうして行き先はカラオケに決まった。

＊

ふふ、末夜《みや》のやつ、焦ってるな？

つまんないプライドはさっさと捨てないと、自分だけ置いてきぼりになっちまうぞ？

勇にぃの腕、ごつごつしてて温かかったなぁ。

あたしはそっと胸に手を当てる。

心臓はブレザー越しでも分かるくらいにバクバクいってた。

＊

近場のカラオケ店にやってきた。受付のお姉さんに訝《いぶか》しげな目をされたが気にしないことにする。

「えっと、三人でフリータイム。あ、二人分だけ学割できるんですか？　じゃあ――」

「……！」

俺の目が光る。

チャンスだ。

学割には学生証を提示する必要があり、学生証には当然、本名が記載されている。

卑怯だと思われるかもしれないが、偶然見えちゃうのは不可抗力だよなぁ。せめて一文字くらいは見えてもばちは当たらないだろう。

なんせ見ず知らずの人間のフルネームを当てろ、なんて難問、こういう抜け道を使わなくては到底答えに辿《たど》り着けないだろう。

眞昼《まひる》と謎の美少女が学生証を取り出す。その横で、俺は体をさりげなく揺らす。

くっ、もう少し頭を横にしてくれ。

ああもう、手元が眞昼の胸でちょうど隠れる位置だから全く見えん。

そうだ、受付カウンターの奥に鏡がある。あれに反射させて見えないだろうか。そう思っていたら、鏡の中の美少女と目が合った。

「あっ」

「カンニングしようとしましたね。めっ、ですよ」

美少女が人差し指を立てて言う。

「勇にぃ、卑怯だぞ」

ぐう。バレてしまった。

「勇さんはタバコ吸います？」

「いや」

「じゃあ、禁煙の部屋でお願いします」

ドリンクバーで飲み物を用意してから部屋に向かう。

「あー、あー。よし。歌うぞ！」

女子高生らしく、眞昼は最近流行《はや》りの歌手の恋愛ソングを中心に選曲していた。昔は一緒に男の子向けのアニメばっかり見てたのに、やっぱり女の子なんだなぁ。

手ぶりを交えながらノリノリで歌う眞昼。

なかなか上手《うま》いぞ。

声がハキハキしてるからよく通るし、リズム感もいい。

眞昼の歌をノリながら聴いていたら、画面に懐かしい曲の予約表示がされた。

『〇utter-Fly』

おっ、と思う。

この曲は俺が後で歌おうと思っていたんだが。

二十代男子はカラオケに来たらこいつを歌わないと帰れないという研究結果もあるくらいだ。

「ん？　入れたの眞昼か？」

「違うぞ」

「え？　じゃあ……」

「私です」

謎の美少女がマイクを持つ。自信ありげな表情だ。

「へぇ、よく知ってるね。これ俺が子供の頃のアニメの曲なのに。二十年以上前の曲だよ？」

「ふふ、昔、知り合いの家でよく聴きましたから」

男性ボーカルの曲だが、美少女は見事に歌いきる。俺は思わず拍手をしてしまう。

「えへへ」

それからも、謎の美少女の選曲は俺が懐かしいと感じる曲ばかりだった。

『カ〇ブタ』

『〇絵』

『〇 atch You Catch Me』

『渇いた〇び』

『メ〇ッサ』

『風と〇っしょに』

自然と子供の頃が思い出される。

学校から帰って、宿題もやらずに遊びに行って、友達の家でゲームをして……

*

どうよ勇《ゆう》にぃ。

懐かしいでしょ。

再放送だったり、勇にぃが借りてきたＤＶＤだったり、一緒に観《み》たアニメの曲ばっかりだよ？

憶《おぼ》えてる？

こうして懐メロばっかりで攻めれば、あの頃の記憶が蘇《よみがえ》って、

『そういえば、どれも未夜たちと一緒に観たような……この年頃の子がこんな古い曲を知ってるなんて、あれ、もしかして君、いや、お前――未夜か？』

『やっと気づいてくれたんだね、勇にぃ』

『お前がこんな美少女に成長するなんて』

「くくく」

ちらりと勇にぃの様子を窺《うかが》う。

「うぅ、ぐす」

ええ!?

泣いてる!?

な、なんで？

「あの頃は……楽しかったなぁ。何もストレスがなくて……毎日が楽しくて……友達もいっぱいいて……ぐす」

し、しまったぁ。

私が思い出してほしい時代――十年前をさらに遡って、勇にぃの子供時代――二十年くらい前まで飛んじゃってる。

っていうか、子供時代のこと思い出して泣くなんて、東京でどれだけ辛《つら》い思いしてきたの？

「ほらほら、勇にぃ」

眞昼が隣に移動して勇にぃの頭を抱き寄せる。

「うぅ、眞昼――ってよしよしすんな。恥ずかしいわ」

「へへ」

ちぃ。

私は心の中で舌打ちをする。

あのおっぱい、またさりげなく勇にぃに胸を押し付けて……

『一緒に観てたアニメの主題歌で記憶を刺激作戦』、失敗。

4

死。

炎。

暗闇。

虫。

人が本能的に感じるそれらの恐怖とは一線を画すもの、トラウマ。後天的に被る心的外傷である。

その原因は実に多種多様である。いじめやパワハラにセクハラなど、人間関係によるものもあれば、事故や事件などで衝撃的な場面を目撃することで発症することもある。

要は、人それぞれなのである。

そしてもっとも厄介なのは、傍《はた》からはなんでもないことに見えても、本人にとってはとてつもない苦痛とストレスを感じてしまうという点である。

特定の物や場所、匂い、音、シチュエーション……

それらが過去に負ったトラウマを蘇らせ、今を生きる者を縛り付ける。願わくは、人と人とが他者を尊重できる、優しい世界になってほしいものだ。

＊

午後十時半。携帯電話が鳴った。

Ｐｒｒｒｒｒ

『ひっ』

表示を見ると、上司の営業部長からの着信だった。

脇の下を冷たい汗が伝い、胸が苦しくなってくる。嫌な予感がしつつも、俺には電話を取る以外に選択肢はない。

『おい、有月《ありつき》か？』

『あっ、お疲れ様です』

『今いいか？』

いつになく温和な声色だ。

『え、ええ、まあ』

『今さっき、センターから欠品の連絡があってな、Ｇ＊＊店さんの五〇〇ミリソースが一本足りないらしいんだよ』

『はぁ』

最悪だ。

『悪いが、今から行って届けてくれないか？』

『は？　今からですか』

『そうだ』

俺の仕事は中堅食品メーカーの配達営業。弊社の営業部は、営業の他に近場の店舗への配送の役目も担っている。

工場で作った製品を直接小売店に配達するのだが、一部の店は一度物流センターに集荷してから各店舗に輸送業者が納品するという形をとっている。

『頼むよ』

『ええと、G＊＊店の方にでしょうか？』

上司の声色が急変した。

『馬鹿野郎!!　時間を考えろや。今店の方に行っても誰もいねぇだろうが！』

（あんたが時間を考えてくれよ）

『も、申し訳ありません』

『ったく』

今回のようにセンターのピッキング作業中に欠品が発覚することがあると、直接センターに届けに行かされる。融通の利く店なら、朝一で配達して謝罪すれば、その場はなんとかなるのだが、結局欠品クレームがあったという事実はしっかり残ってしまう。

それを嫌ってか、うちの営業部はできる限り即日対応をモットーとしているのだ。

糞《くそ》、誰だよ今日の出荷担当のやつ。

『しかし、今からセンターまで行ったら、往復で五時間はかか――』

『そのまま出勤してくればいいだろ。たしかあそこのトラックの出発は三時だったな。余裕で間に合う。それに仮眠ぐらいはさせてやるさ』

『し、しかし』

『鹿も馬もあるか、馬鹿野郎。こうしてぐだぐだしてる時間が無駄なんだ。いいからさっさと行け！　馬鹿がっ！』

＊

俺は飛び起きた。全身にびっしょり寝汗をかいている。

「うぅ、最悪だ」

嫌な夢を見た。前の会社の夢だ。

しかも、よりによってあの場面かよ。

前の会社では散々な扱いをされたが、特に深夜の欠品対応が一番きつかった。睡眠を取らずに何時間も運転させられた。おかげで何度事故りかけたことか。

営業部では夜九時以降にかかってくる部長からの電話を『悪魔の着信』と呼んでいたっけ。出なければ翌日ボロクソに叱られるし……

今になって思い返せば、なんであんな会社に十年もいたのだろうか。

二十代の貴重な十年。子供が大人に成長するくらいの時間。その十年で、俺は何か成長できただろうか……

時計に目をやる。

まだ午前四時だ。

窓の外は薄闇に包まれ、冷たい夜風がカーテンを波立たせる。

眠ろうと布団に潜ったが、全く寝付けない。

「あー、ダメだ」

眠ろうと目を閉じると、さっきの夢の続きがフラッシュバックしそうになる。結局、その日は寝不足のまま一日働き通したが、そんなことは慣れっこだった。

＊

「勇にぃの部屋に上がるの久しぶりだなぁ」

その日の夜、部活帰りに店に寄った眞昼《まひる》が、久々に部屋に行きたいというので入れてやった。現役女子高生を部屋に上げるなど、世間に知れたら大問題であるが、こいつは眞昼なのでセーフだ。

「珍しいもんなんてないぞ」

「うん、昔と同じだな」

眞昼が背中からベッドに倒れ込む。ボリュームのある胸がたゆん、と揺れた。

「あー、今日は疲れたー」

「お疲れ様、キャプテン」

「その呼び方やめてよ、恥ずかしいって」

「はっはっは」

俺はベッドの縁に座る。

昔はクソガキが三人で寝転がっても余裕だったのに、今は一人で半分以上の面積を使っちまうんだな。

「なんか失礼なこと考えてるだろ？」

「馬鹿。そんなことあるか」

「ふーん」

小悪魔っぽく笑う眞昼。

「なんか懐かしいなぁ。そういやぁ、昔はお前ら三人が毎日のように俺の部屋に遊びに来たっけ」

「だなー」

「あっ、そうだ」

「んー？」

「その、今度さ、未夜《みや》も一緒に連れてきてくれよ」

未夜とは富士宮市《ふじのみや》に帰ってきてから、まだ一度も会っていない。眞昼も未夜を連れて来ればいいのに、いつもあの謎の美少女と一緒だ。まさか、あいつらに限って疎遠になったり、仲が悪くなったり、なんてことはないと思うが……ないよな？

「あー、うーん」

眞昼は少し顔を引きつらせたかと思うと、突然体を起こし、

「そうだ、勇《ゆう》にぃ。連絡先教えてよ」

ぴょんと俺の横に座る。ふわっといい匂いがした。制汗剤と眞昼の匂いとほんのちょっぴり汗の匂いが混じってなんともいえないかぐわしい……って俺は変態か。

「まだ交換してなかったろ？　携帯番号とラインと、あとメアドも」

眞昼はポケットからスマホを取り出す。

「ああ、いいぞ」

「また長い間いなくなられたら困るからなぁ」

「馬鹿。もうこの街を離れるのはこりごりだ。あ、でも俺ラインやってないぞ」

「え？　なんで？」

眞昼は分かりやすく首を傾《かし》げた。

「だって、すぐ既読がついてメッセージ読んだのバレるからな」

「何、その闇深い理由。まあいいや。じゃあとりあえず番号教えて」

眞昼に俺のケー番を教える。

「じゃ、一回電話かけるから、それで登録して」

「え？　あっ、眞昼ちょっと、待っ――」

俺の制止も間に合わず、眞昼の白い指がスマホの画面をタップする。一瞬の間をおいて、室内に着信音が響き渡った――

Ｐｒｒｒｒｒ
「――！」

無機質なその音を耳にした瞬間、目の前が真っ白になった。血の流れが逆になるような不快感が俺を襲い、呼吸が乱れた。

『おう、有月か？』

幻聴が耳元で囁《ささや》く。

目は焦点が合わず、悪心が込み上げてくる。

「う、はぁ、はぁ」

俺は胸に手を当て、前かがみになる。

「え？　ゆ、勇にぃ？」

粘っこい汗が全身から噴き出て、息が苦しくなる。その急な俺の変化に、眞昼は青ざめた顔をしていた。

「大丈夫？　きゅ、救急車呼ぶよ？」

「いや、だ、大丈夫だ、はぁ、はぁ」

そこまでする必要はない。一一九番通報をしようとする眞昼を止める。

「な、何？　どうしたの？」

心配そうに俺を見つめる眞昼。そうだ、まだ眞昼には言ってなかった。俺は、携帯電話の着信音が怖いのだ。

ここ数年、俺にとって携帯電話の着信音とは、無茶苦茶な要求を突きつける悪魔の宣告だった。

ある時は他人のミスなのに隣県まで行ってクレーム対応、またある時は欠品した商品を片手に深夜に配達に行かされた。

「その、恥ずかしい話なんだが……」

恥を忍んで眞昼に打ち明ける。

まだ息苦しさは消えてくれない。

「――というわけなんだ」

幻滅しただろうか。

大の大人が着信音におびえるなんて……

「恥ずかしくない！」

「え？」

眞昼が俺の腕を取り、抱き寄せる。

ふくよかな胸に顔が埋《うず》まる。

「ちょ、眞昼」

「よっと」

そのまま眞昼は俺ごと体を倒し、二人はベッドの上で抱き合う形となった。母が我が子を抱くように、胸に顔が包まれる。

「大変だったな、勇にぃ」

そう言って、眞昼が俺の頭を優しく撫《な》でる。

「なんにも怖くないぞ、ここには、あたしと勇にぃしかいないから」

眞昼のぬくもりが俺の体に染み渡る。

「辛《つら》かったらさ、なんでも言えよな。あたしと勇にぃの仲だろ？　どんなことでも、全部受け止めてやるから」

「眞昼……」

「十年前は助けてもらってばっかだったけど今はもう違うんだからな」

抱きしめる力が強くなる。

「……ありがと、な」

「へへっ」

いつの間にか、動悸《どうき》は治まっていた。

5

大広間のテーブルに集まった六人は、口を開くことなくただそこに座っていた。互いが互いを盗み見る。彼らは知っているのだ。この中に殺人鬼が潜んでいることを。

腹を探るような不快な視線が飛び交い、場の雰囲気はどんどんと不穏なものに変わっていく。

淀《よど》んだ空気が蔓延《まんえん》していくと同時に、緊張と疑念が一同の思考を支配していった。プレッシャーに耐えかねて、一人の女が席を立った。派手なギャルメイクを施し、露出の多い服を着た今風の若い女だ。

『ああ、もううんざりー、殺人鬼と一緒にいるなんてごめんだわー』

長い茶髪を振り乱し、女が部屋から飛び出していく。その背中に、仲間が声を投げかける。

『おい、待て』

『一人でいることこそ危険だ』

『戻ってくるんだ』

『ついてこないでー』

男たちが追いかけるも、彼女は捕まる寸前で自分の部屋に閉じこもり、鍵をかけた。

ガチャリ、と硬い音が響く。

『おい、開けるんだ』

『何よ、あんたが犯人なの？　私を殺す気？』

『違う、みんなでいた方が絶対に安全なんだ』

『たーくんとみぃさんを殺した奴《やつ》となんか、一緒にいられないわ』

男がドアをどんどんと叩《たた》くも、中からの反応はない。

『二人とも、部屋に一人でいるところを狙われたんだぞ』

『……』

『――ったく、馬鹿が』

処置なし、と判断したのか、男はため息をついてその場を離れた。

＊

「はいカットー！」

部屋に閉じこもった女役――私は部屋から出た。

「ど、どうだった？」

「お疲れ、未夜。いい演技だったよ」

ミス研会長の星奈《せいな》ちゃんがタオルを渡してくれた。

「ありがとう、星奈ちゃん」

「やっぱあんたは絵になるわ」

「えへへ」

推理小説《ミステリ》研究会の主な活動として、部員が書いた推理小説を集めた会誌の発刊や、推理小説の批評会などがあるのだが、今年は思い切って映画を制作することになったのだ。

映研や演劇部とも協力し、秋の文化祭での上映を目指す。そして、なんと私がその主演に抜擢《ばってき》されたという次第である。

もちろん私は目立つことが苦手なので、最初は固辞しようと思ったのだが、星奈ちゃんの必死の説得に根負けし、出演をＯＫしてしまった。

「変じゃなかった？」

「ばっちぐーよ」

星奈ちゃんは親指を立てる。今回制作する映画の原作は彼女の書いた推理小説である。

「あ、こいつこれから殺されるんだな感がよく出てたわ」

「それ褒めてるの？」

「当たり前じゃない」

「ならいいけど」

ここは郊外に建つ貸別荘。ミス研の部員の親戚がこの別荘のオーナーという縁で、格安で借りることができたのである。

金、土、日と今日から泊まり込みで一気に撮影するため、ほとんど合宿のようなものだ。

「演技なんてあんまりしたことないからなぁ」

カメラを向けられることはおろか、本来であれば人前に立つことすら苦手な私である。

周りが見知った間柄の部員仲間ばかりだからまだギリギリセーフなのだが、これがいずれ全校生徒の前で上映されるということを考えると、胃が痛くなる。

「ちょっと棒っぽいけど、ま、及第点よ。それより、鉄壁聖女様が主演を務める話題性の方が大事だしね。ふふふ、きっとすごい反響よ」

「その呼び方はやめてって、もう。本当に今回だけだからね」

ちなみに私の演じる役は、被害者C――ではなく、事件の真犯人である。一度殺されるふりをして自分のカテゴリを容疑者から被害者にすり替えることで、後の犯行を行いやすくするというのが犯人の計画なのだ。

「ギャルメイクなんて一年の時のコスプレ大会以来だよ。この服もなんかひらひらしてるし面積が少ないしで恥ずかしいよ」

「めちゃくちゃ頭悪そうな感じが出てて、ぐーよ、ぐー」

「だからそれ褒めてるの？」

その後、死体として発見される場面を一通り撮影した。血糊《ちのり》って意外と甘いんだなという発見もあり、まあ、ところどころで文句はあるけれどなかなか楽しい。

「じゃ、いったん休憩を挟んで、今日は春山《はるやま》さんの出るカットをまとめて撮っちゃうよ」

監督を務める映研の女子生徒が声を投げる。

「はーい」

「次はいよいよ殺人鬼としての登場だからね、しっかり役作りしてよ」

星奈ちゃんが私の肩をポンと叩いた。これは期待されてるなぁ。

「そんなこと言われてもなぁ」

とりあえず休憩だ。

推理小説は大好きだけど、人を殺すほど恨む殺人鬼の気持ちなんて、分かるわけないのになぁ。

星奈ちゃんの頼みだから仕方なく主演を引き受けたけど、どちらかというと私は裏方の方が向いてると思うんだけど。

水筒のお茶を飲みながら近くの椅子に腰を下ろし、スマホを手に取る。見ると、眞昼《まひる》からラインが送られていた。

「なんだろ」

トーク画面を開く。

そこには『疲れて寝ちゃったみたいー』というメッセージとともに、写真が送られていた。

誰かの頭を抱く、眞昼の自撮り。

「ん？　こ、これって……」

胸に埋めているため顔は見えないが、男だ。

「……」

若干薄くなった頭頂部。

「……」

耳の形と耳たぶの裏にあるほくろ。

「……」

見覚えのある部屋。

「……」

彼の正体に私は一瞬で気づく。

「……」

こちらの既読に気づいたのか、眞昼がメッセージを送ってきた。

『勇《ゆう》にぃ全然起きなくて困るんだけどー』

「……」

＊

「はいじゃー、アクション！」

模造刀を手にした真犯人こと私は、最後の被害者役の部員に近づく。一歩一歩、鬼の形相で距離を詰め、飛び掛かる。

『うおらあぁァ』

『ひぃいい』

『お前がァ、私の愛する人を奪ったからァっ！』

『きゃあああ』

『全部お前が悪いんだ！　このメス豚がァ！』

『誰か、助けてぇ』

『お前のために、皆死んだんだよォ！』

『いやあああああ』

　普段の私なら出せないような叫び声が容易に出せる。逆立つ髪の毛。そして鋭い眼光がカメラに収められていく。

『ひゃーはっはっは、あんたで最後だ。おらァっ、これで私の復讐《ふくしゅう》は完遂だ。ひっひっひ、ひゃっはっはー』

「うーわ、春山さんすごすぎない？」

「前半の演技と全然違うじゃん。なんか、こう鬼気迫ってるというか、役が乗り移ってるというか」

「菖《あやめ》ちゃんガチ泣きしちゃってるじゃんか」

「あのおとなしい春山さんがここまではっちゃけるなんて、なんか……目覚めちゃいそう」

「部長、一回止めた方が……」

「うん、ちょっとこれはやりすぎかな。熱が違いすぎて浮いちゃってるよ、ちょっとカットカット」

「ハァ、ハァ」

「み、未夜《みや》、もう少しテンション抑えて、ね？」

「無理」

「菖ちゃん、大丈夫？」

　ミス研の後輩の菖ちゃんが星奈ちゃんに抱き着く。彼女の顔は涙と鼻水でびちょびちょだった。

「野中《のなか》先輩ぃ」

「怖かったねー、ほうら、よしよし」

「ぐるるるる」

「あんた、何を参考に役作りしたのよ」

「はぁ、はぁ」

「目が血走ってるわよ？」

　感情が上手《うま》く制御できない。

　気を抜くと、自我が崩壊し、私という存在は理性のない獣に変身してしまいそうだ。

「未夜、もう少し抑えめで。菖ちゃんももう大丈夫ね？　じゃあ、もう一度、アクション」

『うおおおおらアアアアァ!!』

「カットー！」

結局、主演は降ろされちゃった。

6

「勇にぃって意外と甘えん坊なとこがあんだよなぁ」

眞昼は慈愛に満ちた笑顔で言った。

「へぇ」

「男ってのはみんなああなのかな？　あたし彼氏いたことないから分かんないけど」

「さぁ」

「最初は恥ずかしがってたのに、だんだん落ち着いてきてさ、気づいたら寝てたんだよ」

「へぇ」

「ま、昔はあたしらが甘えてばっかだったから、今度は勇にぃを甘えさせてあげるのはいいんだけどな」

「へぇ」

「でも本当にまいっちゃったよ。もう小一時間ぐらいずっとああしてくっついてたからさぁ」

「あ？」

「腕がもう痺《しび》れちゃって痺れちゃって」

「へぇ」

「やっと起きたと思ったら顔真っ赤にしちゃってさ。別に赤の他人ってわけじゃないんだし、照れんなっての。むしろ昔はもっとべったりくっついてたじゃんって」

「……そうだね」

「それで間が悪いことにおばさんが来てさ」

「へぇ」

「おばさんが言ったのが『昔を思い出すわね』って。勇にぃがしどろもどろになって弁解してたのがまた昔みたいで面白かったよ」

「ははは」

体育館の裏。食堂で席を確保できなかったため、私と眞昼はここで昼食を摂《と》ることにした。今日は二人ともお弁当だ。

花壇の段差に腰かけながら、和やかなランチタイムを送る。蝶《ちょう》がひらひら舞い、春のお日さまがぽかぽか気持ちいい。

眞昼はお弁当に加えて、総菜パンやらスナック菓子やらも食べていた。さらに大きく育とうというつもりか？

お弁当を食べ終えたところで、私は尋ねる。

「ところで眞昼」

まだ重要なことを聞いていない。

「なんだ？」

「どっちから抱き着いてきたの？」

一瞬の間が空く。

「え？　あたしだけど」

「ふーん」

「それでさぁ――」

「あたしだけど、じゃないわー！」

何軽く流そうとしてんのこのおっぱいは。

「へ？」

へ、じゃない。

「は？　何？　どういうことなの？　私、全然状況が理解できないんだけど。どうしたら勇にぃに抱き着いて、押し倒して、ベッドで一緒に寝るようなことになるわけ？　これが痴女じゃないならなんなんだ！　この淫乱おっぱいが！」

「いや眠ったのは勇にぃだけであたしは起きてたってば」

「論点はそこじゃない！」

「まあまあ落ち着けって。いいか、これにはな、深ーい事情があんだよ」

眞昼は神妙な顔つきになる。

「深い事情？」

深いのはあたしの谷間でした、とか言い出すんじゃないだろうな。

「そ。一応、勇にぃには未夜と朝華《あさか》には伝えてもいいって許可取ってるから言うけどな——」

そうして眞昼は、勇にぃが東京でひどい扱いを受けていたことや携帯電話の着信音にトラウマを抱えていることなど、戦慄するような内容を語って聞かせた。

ギリっと、歯ぎしりの音が自分の口から聞こえた。

「そんなことが……」

「うん、本人も気にしてるみたいだったよ」

「……」

「携帯電話の着信音なんてさ、普通に暮らしてるあたしらには何の意味も持たない日常的なものだよ。それなのに、勇にぃはそれに怯《おび》えるような生活を東京で強いられてた……」

「ひどい」

「だろ？」

ああ、今なら本当に映画の殺人鬼の気持ちが理解できるかもしれない。私の胸の内でどす黒い感情がふつふつと湧き上がってくる。はらわたが煮えくり返るというのは、さっと今のような感情のことを言うのだろう。

「勇にぃを苦しめるなんて、許せない」

「そこはあたしも同感」

「……」

沈黙が場に落ちる。

「……眞昼《まひる》、ごめん。私、何の事情も知らずに、その、嫉妬してて」

「いいって」

ふと、自分の頬に何かが流れ落ちる感覚があった。

ぽたりと、涙の粒が零《こぼ》れ落ちる。

「あ、あれ？」

「未夜？」

「ご、ごめん、なんだろ」

ぽろぽろと涙が出てきた。手のひらを目にあてて、涙を拭うも止まってくれない。

眞昼と勇にぃはとっくにそんな悩みを共有するくらいの関係になっているのだと思うと、未《いま》だに名前を名乗れない自分が馬鹿らしくなってくる。勇にぃにとって、今の私は名前すら知らない赤の他人なのだ。

小さなプライドにこだわって、意地を張って……私、何をやってるんだろう。

「ひく、ぐすっ」

眞昼は無言で距離を詰め、私の頭を抱きしめる。ふわっと、彼女の大きな胸に顔が埋《うず》まった。

あったかい。

「どうしたの？」

眞昼は柔らかな声で聞く。

「私、私……勇《ゆう》にぃと眞昼が、私を置いて、どんどん先に行っちゃうんじゃないかって……不安になって」

「あー」

「眞昼が勇にぃといちゃいちゃしてるのに嫉妬して、怒って、でも二人とも私の大事な人なのに……うぅ、うう」

「ごめんな。未夜」

「ふぇ？」

「前にあたしが手助けをするって言ったのは、それは未夜の気持ちを後押しするって意味だったんだ。ああして仲良くしてるところを見せつければ、未夜もいい加減、名乗る決心してくれると思って……その、発破をかけるつもりでやったんだけど、裏目に出ちゃってたね」

「……決心」

「あたしは、勇にぃ、未夜、朝華、この四人でまた一緒にいたいだけなんだよ」

「私も」

そう、十年前みたいに、またこの四人でいられたら、どんなに幸せだろうか。

「勇にぃも、未夜のこと気にしてたよ」

「うぅ」

でも——

「もうちょっとだけ、意地張っていい？」

やっぱり、勇にぃから気づかせたいという気持ちは残ってる。

私はこんな風に変わったんだって、見せつけたい。

眞昼は、優しく私の頭を撫《な》でてくれた。

「頑張るのはいいけど、引き際ってのをちゃんと考えないとダメだよ。いつまでも意地を張ってたら、未夜まで潰れちゃう」

「うん。ごめん、制服濡《ぬ》らしちゃった」

眞昼のシャツは私の涙で少し濡れていた。

「いいよ。全く、あたしの周りは泣き虫ばっかだな」

そう言って、眞昼は笑う。

「同い年だけど、あんたは可愛《かわい》い妹みたいなもんだからね、応援してるよ」

「……生まれたのは私の方が先だもん」

「そこ張り合うなよ」

ご主人様はクソガキ

1

「ほら、ポチ。お手」

「わ、わん」

差し出された朝華の小さな手のひらに、ポチこと俺は握り拳を乗せる。

「いい子いい子」

言いながら、朝華は俺の頭をわしゃわしゃと撫でる。

「次はおすわり」

「……わん」

俺はその場に座り込む。

「お手」

「……わん」

朝華の小さな手のひらに、握り拳を乗せる。

「ポチはえらいねぇ」

十個も年下の女の子に犬扱いされて喜ぶ人間などこの世にはいないだろう。もしそんなやつがいたら、そいつはとんでもない変態野郎だ。

「はっはっは、朝華。これで遊んであげなさい。犬はボール遊びが大好きだからねぇ」

未夜《みや》がゴムボールを手渡す。

「はい、お父さん。よーし行くよ、ポチ。えいっ」

朝華がへっぴり腰でゴムボールを投げた。狭い俺の部屋の中を、ゴムボールが跳ね回る。

「ほーら、ポチ。取ってこーい」

俺は四《よ》つん這《ば》いのままゴムボールを回収し、ご主人様《クソガキ》の下に帰還する。

「えらいねぇ、えらいえらい」

「……」

なんという屈辱。

なんという辱め。

なぜこうなったのか、そこには深い事情があるのだ。

2

「勇にぃ、今日はおままごとをするぞ」

八月上旬のとある晴れた日。俺の部屋にやって来て早々、未夜が言った。

「ままごとだぁ？」

クソガキ三人は大荷物を抱えてやってきた。見てみると、おままごとセットのようである。

プラスチック製の食器や食材に料理道具などが俺の部屋の隅に並べられる。

なんだか懐かしい光景である。幼稚園時代、よくこういうもので遊んだっけ。そうそう、マジックテープで張り合わせてあるから切る真似事《まねごと》ができるんだよなぁ。

「なんだ、じゃあ俺がお父さん役か」

「違うぞ」と眞昼。

「それじゃあ息子役か？」

「ペットの犬だ」

「ざけんな」

「ちゃんとそれ用のやつも持ってきたんだぞ」

未夜は犬耳のカチューシャとベルト式の真っ赤な首輪を取り出した。

「ちょっと待て未夜。なんだそれ。そんなもん、どこから持ってきた」

「え？　お父さんとお母さんの部屋のたん――」

「いやいい。それ以上言わなくていい。ともかく、余計犬役なんかやりたくなくなったわ」

「それじゃあじゃんけんで負けた人が犬役にする？」

朝華が提案する。

「しょうがないなぁ、勇にぃのわがままに付き合ってやるか」

ここまで俺の意志は一切尊重されてないわけだが。犬役を回避できるならそういうことにしておいてやるか。

「じゃーんけんぽん」と四人の声が重なる。

グーが三つにチョキが一つ。

「あっ、負けちゃいました」

朝華が一人負けの結果となった。やれやれ、これで犬役は回避できたわけだが。

「はい、じゃあ、朝華これ」

未夜は犬耳と首輪を朝華に手渡す。

「うぅ」

朝華は渋々といった様子で犬耳を装着する。

待てよ？

小学校一年生の女児が犬耳と首輪をつけるって、それはかなり不健全《アウト》な絵面になるのでは？

「似合うじゃん」と眞昼。

「えへへ」

犬耳をつけた朝華《あさか》。艶のある黒髪にふさふさの耳がいいアクセントになっている。まあたしかに可愛いが。

そしていよいよ首輪に手を伸ばす。

「……」

犬耳まではセーフとしても、やっぱ首輪はマズい。今のご時世的に非常にマズい。

そんなことは絶対にさせんぞ！

「待てぃ。や、やっぱり犬役やりてーなー」

「なんだ勇にぃ、そんなにあたしたちの犬になりたいのか」

癪《しゃく》に障る表現すんな。

「でも朝華の方が可愛いしなぁ」

「いや、俺、犬大好きだから。将来の夢は、犬になることだから」

「そこまで言うなら、朝華、代わってあげてくれる？」

未夜に問われ、朝華は「しょうがないですねぇ」と犬耳を外す。

こうして、俺はクソガキどもの犬になったわけだ。

3

「よーし、ポチ。次はちんちん」

「わん」

「帰ったぞー、はっはっは」

「おかえりなさい、お父さん。ご飯にします？　お風呂にします？」

ちなみにこのおままごとは未夜が父親、眞昼《まひる》が母親、朝華が子供という設定である。

「はっは、それじゃあ、ご飯にしようかな。お母さんの作るご飯は絶品だからなぁ」

「もう、お父さんったら。はい、じゃあこれ」

眞昼が料理を差し出す。皿の上にあるのは大根とイチゴだ。

「大根とイチゴの煮つけです」

「はっは、旨《うま》そうだ」

「なんだその組み合わせ」

「こら、犬はしゃべっちゃだめです！」

朝華がぴしゃりと言う。

「……わん」

「お母さん、ポチにもご飯あげていい？」

「あらあら、ポチもお腹《なか》がすいたのねぇ。でもまだよ？　待て」

「待て」

眞昼は手のひらを向けて命じた。

「わん」

おすわりの姿勢のまま放置される俺。その横で、クソガキどもはカオスなおままごとを続行する。

「さてそろそろ風呂でも入ろうか。はっは」

「あ、お父さん、これはなんです？　浮気ですか？」

眞昼がピンク色の折り紙で作ったカードを手に持って未夜に詰め寄る。

「いや違うんだ。社長に誘われて」

「浮気ですか！」

お前ら、意味分かってやってるのか？

「あらぁ、あなたが奥さん？」

朝華が愛人のような役で登場する。いや、お前子供じゃなかったのか。

「この人は私のものよ」

「もう離婚です」

「待ってくれぇ」

そうして三人は窓からベランダに出る。

「違うんだ、愛してるのはお前だけなんだー」

一人取り残された俺は、ただ黙って『待て』を続ける。

ベランダでは未夜と眞昼が抱き合ったり朝華が泣きまねをしたりと、どろどろの展開が続いている。

その時、ドアが開き、母が入ってきた。

「さ、みんな、おやつあるから降りておい――勇《ゆう》？」

「は？」

母の顔が蒼白《そうはく》になり、硬直する。

「あ、あんた、何を……い、いやいいの。お母さん、あんたの趣味を否定するわけじゃないのよ」

「な、何を言って……はっ！」

そうして俺は今の自分《クソガキのペット》の状態を思い出した。慌てて立ち上がり、犬耳と首輪を外す。

「誤解なんだ、これは――」

「後で、お父さんとも一緒に話をしようね。でもね、子供とそういうことは……ね？」

「違うから。これはおままごとの一環で。おい、お前らさっさと戻ってきて説明しろ！」

「なんだよー」

「あっ、なんで犬のやつ外してんだ」

「勇さん、自分から犬になりたいって言ったのに」

朝華が叫ぶ。

「自分から？」

母は顔を引きつらせる。

「いやだからこれにはいろいろ事情があるんだって。おい、待て母さん。話を聞けー」

その後、事情を説明してなんとか事なきを得たが、もう二度とおままごとで犬役はやらないと心に決めた俺だった。

クソガキは知りたがり

1

八月もそろそろ半ばに入ろうとしている。

『夏休みの友』をテーブルに広げながら三人のクソガキは黙々と宿題に取り組んでいる。俺は分からないところや、つまずいたところがあれば教えてやる家庭教師のような役回りである。

「ねぇ、二人はもう自由研究やった？」

一段落したところで朝華がおずおずと言った。

「私はカブトムシの観察日記作るんだ」

自信満々に未夜が言う。こいつ、本当にカブトムシ大好きだな。

「へぇ、すごいね。眞昼ちゃんは？」

「あたしは日本のゲームの歴史を調べてまとめた」

「はぇ～」

「おっさんたちが子供の頃はタッチパネルがないゲームで遊んでたらしいぜ」

「なんだ、今どきの小学生は一年生から自由研究があんのか？」

「勇にぃはやらなかったの？」と未夜《みや》。

「俺の時代は三年……いや、四年生からだったかな？」

記憶があいまいだが、たぶんその時分からだったように思う。

「ふーん」

「自由研究って何をすればいいんだろう」

誰にともなく、朝華は呟《つぶや》く。

「朝華が気になったり、不思議に思ってることを調べてみればいいのさ。そういうことを自分で調べることに意味があるんだ」

「勇にぃもたまにはいいこと言うな」

眞昼が偉そうに言った。

「たまには、とはなんだ。とにかく、そういうことをあげてみ？」

「気になったり、不思議に思ってること……」

悩ましげに頭を抱える朝華。

俺は麦茶の入ったコップに手を伸ばす。

「なんで人は悪いことをするんだろう」

「……それは永遠に解けない哲学だな。そうじゃなくて、もっとこう日常的なやつ」

「うーん、じゃあ、なんで空は青いんだろう」

「お、いいじゃないか。そういうのだ」

「なんで水は一〇〇℃で沸騰するんだろう」

「そうそう、そういうの」

「赤ちゃんはどうやってできるんだろう」

「ぶふぉっ」

俺は口に含んだ麦茶を噴き出す。

「うわ、勇にぃ。麦茶噴き出すな！　未夜、タオル取って」

「ほいよ」

「どうしたんですか？」

きょとんとこちらを見る朝華の目は、どこまでも清らかで純粋だ。

「そ、それは知らなくていいことだから！」

「なんでですか？　気になります」

「たしかに、あたしも知らないな。コウノトリが運んでくるってのは嘘《うそ》だって分かるけど」

「ちゅーすればいいんじゃない？　ちゅーって」

未夜が口をすぼめる。

「ちげーわ」

「なんだ？　勇にぃ知ってるのか？」

眞昼が訝《いぶか》しげにこちらを見据える。

「い、いや、知らんぞ？　それより、最初の空のやつでいいんじゃないか？　俺も気になるしなー。宇宙は黒いのに、ふ、不思議だなー」

「そういえばそうですね。うーん、なんでだろう」

「あたしも気になるぞ。それ」

よし、話題が逸《そ》れた。

このクソガキたちは変なところでませてるからなぁ。この前も泥沼のおままごとを繰り広げてたし……。

こいつらの気が変わる前に早いとこ誘導するか。

「よし、じゃ、さっそく図書館にでも行って調べるとするか」

「「「おー」」」

2

市立図書館の一角、子供用スペース。

腰の辺りまでの高さの本棚が何列も平行に並び、幼児から小学校高学年までの子供たちとその保護者であふれかえっている。

空調が適度に効いており、照明も明るすぎないため、とても快適な空間だ。

子供向けの科学コーナーからいくつかの本を取り、朝華《あさか》は難しそうな顔をして調べていた。その横では、未夜と眞昼が児童書を黙々と読んでいる。これは読書感想文用だそうだ。

広い館内に響くのは、紙をめくる音と足音。時折、周囲に配慮した囁《ささや》き声《ごえ》が聞こえるくらいだ。

さすがのクソガキもここで騒ぐような真似《まね》はしないみたいでほっとする。

「どうだ、分かったか？」

「うーん」

朝華は首を傾《かし》げる。

さすがに小一には難しすぎたか？

「お日さまの光はいっぱいあって、でもみんな色が違って、青い光は広がりやすいから……？」

「どうして広がりやすいんだ？」

「えと、はちょーっていうのがあって、はちょーが短いのは、空気の中にゴミがいっぱいあって、それにぶつかりやすいからで……それで、青い光ははちょーが短くて……ゴミにぶつかると、光が広がるから。青い光がいっぱい広がるから、空は青く見えるらしい、です」

「すごいじゃないか。あとはしっかり分かりやすくまとめるだけだな」

「えへへ」

俺も今日初めて知ったのは秘密だ。朝華はせっせと調べた内容をノートに書き写し始めた。

さて、せっかく図書館に来たんだ。俺も何か本でも読もう。読書は実は嫌いではなく、むしろ好きな部類である。ファンタジーや冒険小説が得意ジャンルだが、最近推理小説にハマり始めた。

中でも謎解きに重きを置いた本格推理《ミステリ》小説が好みだ。本を選んでテーブルに戻ると朝華一人だった。

「あとは一人でできるか?」

「はい」

よし、それじゃ心おきなく読書に取り組もう。

古びた館。血塗られた一族。謎の美少女。そして一族の謎とクローズドサークル。うむ、俺好みの趣深い舞台だ。

ややあって朝華が小さく歓声を上げた。

「ふう、できました」

それとほぼ同時に眞昼《まひる》が戻ってくる。

「朝華、見ろ。いいもん見つけたぞ」

「わぁ」

何やら面白い本でも見つけたようだ。あまり騒いでくれるなよ。今、すごくいいところなんだ。あ、これは伏線ぽいな……

——と思っていたら、今度は未夜が戻ってきて、

「おーい、二階で映画やってるよ」と叫んだ。

「未夜、静かにしろ」

司書さんが睨《にら》んでるぞ。

「え、何？」

「映画？」

眞昼と朝華は席を立つ。

「勇にぃ、行ってきていい？」

「静かになー」

どうやら映画の上映会をやっているようだ。ま、お子様は字よりも映像の方がとっつきやすいもんな。

まあいい。うるさいのがいなくなったおかげで読書に集中できる。それにしてもこの作品、読めば読むほど俺の好みをピンポイントで突いてくる。

＊

「ふう」

とてもいい作品だった。

積み重ねたロジックがトリックを暴き、論理的に犯人を浮かび上がらせる。同時に一族の悲痛な秘密も明らかになり、感動的なラストへ繋《つな》がる。

あまりに面白すぎてのめり込んでしまった。名作とはこういう作品のことをいうんだろうな。それにしてもあの言葉が伏線だったとは……

そういえば、今何時だ？

時計を見ると午後四時だった。

二時間も経《た》ってるじゃないか。

周りのことなんか目に入らないくらい集中していたようだ。

あいつらもそろそろ戻ってくるだろう。

意識を周りに向けると、なんだか保護者の女性たちから好奇の視線を感じる。ひそひそと何かを囁き合っているようにも見えた……

子供用スペースに一人でいたからか？

それにしてはなんだか様子がおかしいが。

不可解に思いながら、ふと俺はテーブルに目を落とす。あいつら、持ってきた本を片付けずに行っちまいやがったみたいだが、いったい何の本を——

『赤ちゃんはどこから来るの？』

『まんがでわかるせいきょういく』

『ママのひみつ』


「なっ――」

あ、あのクソガキども……

なんちゅうもんを……

いや待て。

この周囲の反応。

もしや、他の人たちからは俺が借りてきたものだと思われて……

「あ、あ、あのクソガキども！」

二階へ駆ける俺の背中に怒声が飛ぶ。

「図書館ではお静かに！」

クソガキは起こしたい

1

——深夜三時。

「うおおぉんぅ、ひっぐ、よがっだなぁ。まだ会えで、二人ども……うぃっぐ、ぐす。よがっだなぁ」

俺は号泣していた。感情が揺さぶられてガチ泣きするなんざ、いったい何年ぶりだろうか。俺の涙腺を決壊させたのは、とある推理小説だった。

母親に捨てられ、親戚の家で不幸な暮らしを送っていた主人公の少女。ある時、顔も知らなかった実の父によって救出され、少女は豪邸に引き取られることになる。

一転してお嬢様としての生活が始まった彼女は、腹違いの義妹との出会いを通じて人間的に成長し、その絆《きずな》を育んでいく。だが、周りの大人たちの汚れた策略により、二人の絆は引き裂かれてしまう。

それから数年が経ち、少女が引き取られた屋敷で殺人事件が起きる。

隠された秘密。過去の殺人。謎の日記。そして発掘された死体。

様々な衝撃の展開の末、探偵がロジックをヒントに辿《たど》り着いたのは意外すぎる真相だった。

巧妙に張られた伏線や、館ものとしての雰囲気作りも見事だが、それ以上にこの小説は『泣き』の要素が強い。

人が殺し殺され、どろどろとした人間関係や恨み合いが描かれる推理小説において、ここまでさわやかな読後感を得られるとは、とんでもない名作だ。これは昼間にクソガキたちと図書館に行った際、帰りに借りてきたものである。寝る前にちょっと冒頭部分を読んでおこうと思っただけなのに、気づいたら一気読みしてしまった。

もう三時じゃねーか。

いい加減寝るとするか。

涙を拭い、俺はベッドに横になる。

「……」

眠れん。

い、いかん。

なんだ？

全然眠くならねーぞ。

あれか？

読書のお供にした缶コーヒー（ブラック）三本のせいか？　俺はサイドテーブルに置かれた空き缶を睨みつける。

それともあの本を読んだ興奮がまだ冷めないのか？

気を抜くと、頭の中であの後二人がどんな生活を送っているのか、空想が始まってしまう。それぐらい俺はあの本の世界に取り憑《つ》かれていた。

夏休みなので夜更かしをしてもたいした問題はないが、寝不足のままクソガキたちの相手をすることだけは避けたい。

どうせあいつらは明日も来るんだろう。

ええい、目をぎゅっとつぶってればそのうち寝られるだろ。

そうして俺はぎゅっと瞼《まぶた》を閉じた。

「……」

寝よう寝ようと思うほど、脳が活発に働いていく気がする。

この野郎、調子に乗るのはいいが、明日になって後悔するのは自分自身だからな？

俺は子供じゃねーぞ？

お昼寝なんかしないからな？

2

「おらぁっ、勇《ゆう》にぃ。生きてるか？」

未夜《みや》は勢いよく部屋に突入する。

本日の彼女はピンク地のTシャツに裾の広い短パン、そしてセミロングヘアをポニーテールにした涼しげな装いである。

「勇にぃ？」

普段なら、『生きとるわ』とか『朝からうるせぇぞ』と返事があるのだが、今日に限っては扇風機の回る音だけが寂しく響くばかり。

部屋の主――有月《ありつき》はベッドの上にいた。

「ぐぅ」

「寝てるのか、いつまで寝てんだー」

現在時刻は午前八時半。

結局有月が眠りについたのは、午前六時を過ぎた頃だった。

未夜は少し助走をつけ、ベッドの上で仰向《あおむ》けに寝ている有月めがけてダイブする。

「おりゃ」

「ごふっ」

「起きろー」

未夜の小さな体が有月の胴体部分に着陸する。未夜もちょっと痛かった。しかし、彼は起きない。

「あれー？」

人の睡眠は眠りの深いノンレム睡眠と眠りの浅いレム睡眠をおよそ九十分周期で交互に繰り返す。

有月が入眠してから約二時間半が経過していた。ノンレム睡眠は眠りの深さで四段階まで分けられ、彼はその中でも特に眠りの深い四段階目にいた。

さらには昨晩の夜更かしと日頃のクソガキたちを相手にしていたことで溜《た》まった疲労が、彼をいっそう眠りの世界に誘う。

つまり、今の有月は超熟睡状態なのだ。

「むぅ」

衝撃で起きないなら今度は音だ。

未夜はベッド横の置き時計を手に取り、目覚ましの針を現在の時刻に合わせる。そして目覚ましをセット。ややあって、じりじりと時計が鳴り出した。

「これでもか！」

ジリリリリリリリリ。

時計を有月の耳横に持っていくも、彼に芳《かんば》しい反応はない。

ジリリリリリリリリ。

ジリリリリリリリリリ。

ジリリリリリリリリリリ。

「……うるさーい」

未夜は目覚ましを止める。有月が起きないのなら未夜にダメージが入るだけだ。

「勇にぃー！」

再びベッドに戻り、有月の服をめくる。程よく割れた腹筋に指を添え、くすぐる。

「起きろー！」

お腹《なか》がだめなら脇の下だ。有月のお腹の上に乗り、脇の下を思いきりくすぐる。ついでに首もくすぐってやれ。

「……はぁ、はぁ」

疲れてしまった。そのまま体を倒し、有月の上にうつぶせになる。これだけやっても起きないなんて、今までなかった。

「もうっ」

出直すことにしよう。今日は眞昼《まひる》も朝華《あさか》も用事があって遊べないからここに朝一で来てあげたのに。

しかし、タダで帰ったらこっちの負けだ。

未夜は机の上にあった油性ペンを手に取る。

有月に忍び寄り、きゅっきゅっとおでこにペンを走らせる。

「ふひひ」

さて、一回家に戻ってアイスでも食べようかな。

3

「ふわあぁ、よく寝た……今何時だ？」

早朝の五時過ぎ辺りまで寝付けなくて悶々《もんもん》としていた記憶はあるが、気づいたら眠っていたようだ。

なぜかベッドの上に移動している時計に目をやると、十二時五分だった。

「腹減ったな」

母に昼飯を作ってもらおうと思ったが、この時間帯だと店の方が大忙しだろう。コンビニに何か買いに行こうかな。

面倒くさいから寝巻のままでいいか。俺は外に出る。今日もぎらぎらと太陽が照っていて暑そうだ。

「くすくす」

「ふふふ」

なぜだか道行く人々が俺の方を見ているような気が。

自意識過剰だろうか。

「うん？」

ああ、そうか。寝巻のままだからか。

でもTシャツにハーフパンツなんてそんな目立つ格好でもないだろうに。数分でコンビニに到着する。

「いらっしゃいませー……え？　ぶふっ」

さて、何を食おうかな。

寝起きだし、あんましガツンとしたものは食いたくないな。おにぎりとサラダでいいか。

あとジュースも買っておこう。

「あ、ありがとぅ、ござひまひた」

やたら滑舌の悪い店員さんだ。ぷるぷる震えてたし、冷房が強すぎて寒かったのか？

「あっちぃなぁ」

外に出ると再び灼熱《しゃくねつ》。

空調の効いた店内との温度差が激しく、余計に暑く感じる。

しかし、夏は嫌いではない。

せっかくだ。

公園で食べていこうか。

コンビニ飯は外で食べる方がおいしく感じるのは俺だけか？

近場の公園に向かい、日陰のベンチに腰を下ろす。隣のベンチには子連れのママさんたちが座っていて、談笑をしていた。

「何かしら」

「罰ゲームかも？」

おにぎりとサラダをたいらげ、ジュースでのどを潤す。

うーん、いい天気だ。

4

未夜が再び有月のもとを訪れたのは午後二時だった。あの後、家に帰ると、昨日の分の夏休みの宿題をやっていなかったことが母にバレていた。

今日の分と合わせて宿題が終わるまで外出禁止令が下され、結果この時間まで拘束されたのである。

二日分の宿題をやったから頭がぐわんぐわんする。

まあいい。

これから有月と遊べるのだから、と未夜は元気を出した。

さすがにこの時間なら起きているだろう。

「おらぁ、勇にぃ。お、起きてるな」

「おう、待ってたぜ」

「本当は朝来たんだよ。全く、休みだからって寝坊してー」

「このガキ、やっぱりお前か」

言って、有月は未夜をベッドに押し倒す。そして全力でくすぐり始めた。

「うひゃひゃ、な、なんだ勇にぃ。あはははは」

「なんだじゃねぇ。お前だろ、俺のおでこに『肉』って書いたの」

「あはは っ、ひひ」

「この野郎。気づかずに出歩いちまったじゃねーか。しかも油性で書きやがって。落とすの大変だったんだぞ」

　有月の手が未夜の全身を走り回る。

「あはは、や、やめぇ」

「反省するまでとことんやるからな」

「あははは は、し、した。反省、したぁ」

「本当にしたか？」

「し、したから。うひひ」

「ならよし。ふう」

「はぁはぁ」

　お互いに息を切らせながら、扇風機の風を浴びる。

「よし、何する？」

「お前反省してねーだろ」

　どこからか蟬《せみ》の声が聞こえてきた。

クソガキは独占欲が強い

1

「ね、ねみぃ」

頭がぼうっとする。視界には薄い膜がかかっているような感じで、輪郭がぼやけている。家を出て、すぐお隣の春山《はるやま》さんの家に向かう。

インターホンを押すと、ややあって未夜《みや》の母、春山未来《みく》がでてきた。その姿に思わず俺は目が覚める。

長い茶髪をひとまとめにして右肩に垂らし、胸元が大きく開けた白地のTシャツに七分丈のデニムといった装い。

メリハリのはっきりしたスタイルはとても子供を産んでいるとは思えない。

「あ、勇《ゆう》くん。おはよう」

「おはようございます」

「こんな朝早くから大変よね。今日は頼むね」

「ええ、仕方ないっすよ」

「さやかさん大丈夫？」

「ベッドから動けなくなってますけど、親父《おやじ》がついてるんで大丈夫っすよ」

「おーい、勇にぃ」

未来の脇から未夜が突撃してきた。

「おう、朝から元気だな、お前は」

「勇にぃはゾンビみたいな顔してるぞ」

「こーら、未夜、そんなこと言っちゃダメでしょ。ごめんね、勇くん」

「いやぁ、いいんですよ」

俺はさわやかな笑顔を返す。

「いつもいつも……未夜が迷惑かけて」

「……いいんですよ」

俺は強張《こわば》った笑顔を返す。

「勇にぃも行くの？」

「ああ、母さんがぎっくり腰になっちまったからな」

「ふーん」

「それじゃあ行きましょうか、ラジオ体操」

時刻は午前六時過ぎ。

眼前にそびえる雄大な富士山に朝日が差し、青々とした山肌を照らしている。夏といえど、さすがに早朝は空気が冷えていて肌寒いな。

やがて目的地である公園に着く。

まだ誰も来ていないな。

うちの地区は持ち回り制で夏休みのラジオ体操の当番が回ってくる。今日は有月《ありつき》家と春山家が当番の日。

元々母が出る予定だったのだが、昨晩閉店後の掃除中にぎっくり腰になってしまい、俺がピンチヒッターを務めることになったという次第である。

ベンチにラジカセを置く。

「ねぇねぇ、なんでボールも持ってきてるの？」

未夜が聞く。俺はバスケットボールを持参していた。

「ラジオ体操が終わったらちょっと遊んでこうと思ってな」

この公園はバスケットゴールが設置されている。引退してからまだ日は浅いが、ネットを揺らすあの感触が恋しくなっていたのだ。

「一回戦負けしたからいっぱい練習するの？」

「違うわ。もう引退したわ」

「私も一緒にやってく」

未夜がそう言うと、未来が間に入り、

「未夜、遊びに行くのは宿題やってからでしょ。終わったら一度家に帰るの！」

「へーい」

そうこうしているうちに子供たちが集まってきた。低学年が割合きゃっきゃしてるのに比べて、高学年の方は心底だるそうにしている。

「眞昼《まひる》、朝華《あさか》、勇にぃが来てるぞ」

「マジか」

「え？」

　未夜が二人を連れてくる。

「ほんとだ、勇にぃ」

「勇さーん」

「おう、お前ら」

　首元にスタンプカードをぶらさげているのが微笑《ほほえ》ましい。

「なんで勇にぃがいるんだ？」

　眞昼と朝華が俺の両手をそれぞれ握ってぶんぶん振り回す。

「母さんの代わりだよ」

「明日も来るんですか？」

「いや、今日だけの臨時」

　そう言うと、朝華は残念そうに表情を曇らせた。

「夏休みなのに毎日毎日こんな時間に起きてらんねーよ」

「じゃあ、勇くん。時間だし、そろそろ……」

　公園の時計を見ると六時半だった。

「あっ、はい。ほれ、散れ散れ」

子供たちが一定の間隔を空けて広がっていく。

未来がラジカセのスイッチを押すと、懐かしい音楽が流れ始めた。

＊

「二列になって、はい、はい、はい」

スタンプを貰《もら》うために俺と未来の前に子供たちが行列を作る。

「勇にぃ、あたし今日は用事あるから遊べないんだ。また明日な」

「私もです」

眞昼と朝華が名残惜しそうにスタンプを貰い、帰っていく。

「未夜、勇にぃ、ばいばい」

「未夜ちゃん、勇さん、ばいばーい」

二人は手を振りながら帰っていく。

「ばーいばーい」

「おう」

未来と一緒に帰るため、未夜は最後まで残るようだ。

「私おにーさん知ってる。〈ムーンナイトテラス〉の人でしょ」

「あ、私も見たことある」

「どっかで見たことあると思ってたんだよねぇ」

高学年と思《おぼ》しき女の子たちが絡んできた。

「おにーさん、こーこーせー？」

「そうだよ」

「えー、大人だー」

「手、おっきぃ」

突然その中の一人が俺の手のひらを取って握ってくる。

「ちょ、ちょっと」

「ほら、なー子のお兄さんよりおっきぃ。さすがこーこーせー」

「ほんとだぁ。ごつごつしててかったぁい」

「ほ、ほら、後ろが詰まっちゃうから。スタンプ貰ったら横にずれろ」

「はーい」

「はいはい」

未夜の番が回ってくる。

「ほれ、スタンプ押すぞ」

未夜は無言のままカードを差し出す。

なんだ？

なんか機嫌わりぃな。

「おい、どうした未夜。腹でも痛いのか？」

「別に」

カードを受け取ると、未夜は俺のボールを持って、

「早く遊ぼうよ」

「待った、未夜。夏休みの宿題やってからよ」

未来がたしなめる。

「いいじゃん、ちょっとだけだから」

「だーめ。一回おうちに帰るの」

「ちょっとだけ」

「ダメ」

「むぅ、勇にぃ、待っててよ」

ごねても無駄だと理解したのか、未夜は一人で駆け出す。

「じゃ、ラジカセとスタンプは次の当番の家に回してくるわ。勇くん、今日はお疲れ様」

「お疲れ様です」

「さやかさんによろしくね」

そう言って、未来はぱたぱたと娘を追いかけ始める。さて、それじゃ、俺は予定通りバスケでもやるか。

ラジオ体操のおかげで準備運動は不要だ。

ボールをつき、跳ね返ってくるこの感覚。

うーん、気持ちいい。

ドリブルをしながらゴールに近づき、レイアップシュートを決める。ネットの揺れる音が朝の静寂に響く。

「ん？」

七時を過ぎたところで、少し離れた場所で三人の女子小学生がこちらを見ているのに気づいた。未夜たちよりも少しばかり上——三、四年生くらいだろうか。そのうちの一人はバスケのボールを持っている。

あちゃーっと思う。

この公園にはバスケットのゴールは一つしかない。俺一人のせいでこの子たちが遊べなくなっているのだ。

子供が大人相手にどいてくれなんて、怖くて言えないだろうし……仕方ない、譲るか。

ボールを拾い、ゴールから離れる。

「使っていいよ」と声をかけると、意外な言葉が返ってきた。

「あの、一緒にやりませんか」

2

「うおおおお、勇《ゆう》にぃ」

未夜《みや》はひた走っていた。

有月はちゃんと待っているだろうか。

時刻は午前八時前。

爆速で宿題を終わらせてやった未夜だった。答えがあっているかどうかより、いかに空欄を埋めるかに重点を置いたので、親による丸付けで地獄を見ることになるだろうが、そんなことよりも早く遊びに行きたかった。

「うっええ」

全力疾走をしたら気持ち悪くなってきた。朝ご飯を食べたばかりの未夜である。

公園の近くまで来たので、あとは歩きながら向かう。

ダム、ダムと、ボールの音が聞こえる。

いるいる、よしよし。

「おーい、勇に……」

そうして入り口から入った未夜の目に飛び込んできたのは、知らない女の子とバスケに興じる有月の姿だった。

＊

「あれ？　もう帰ってきたの？　勇くんは？」

「知ーらない」

「何、喧嘩《けんか》でもしたの？」

「別にー」

母の質問攻めをなんとかかわし、自室に飛び込む。

ベッドに寝転がり、天井を見つめる。

「……」

変な気持ちだった。

自分の部屋に知らないおっさんが土足で上がり込んできたような、そんな感覚。それでいて、自分の体の中に火山があって、それが噴火しかけているような……

「ばか」

有月《ありつき》がほかの子供——特に女の子——と仲良くしてるところを見ると、胸の奥がもやもやするのだ。

有月が眞昼や朝華と遊ぶ時は、こんな気持ちにはならないのに。

「何、これ」

そういえば、スタンプを貰う時、年上の女の子たちが有月を囲んでいた時も同じ感情を抱いていた。

悲しい、とは微妙に違う。怒りにも似ているようでちょっと違う。幼い未夜には、嫉妬という感情を理解するには、まだまだ人生経験が足りなかった。

独占欲、と言い換えてもいいのかもしれない。

『自分たちだけの勇にぃでいてほしい』という、独占欲。

あまりに身勝手で、わがままで、そしていじらしい……

そんな自分の一面に気づいた、七歳の夏。

頬を流れる涙は、いつもよりしょっぱかった。

3

「パスパース」

「いけ、シュート」

「あ、セーフ」

バスケコートに小学生たちの声が飛び交う。

「……ふぅ」

未夜が来ない。

もうそろそろ八時半を過ぎようとしている。いつもならとっくに遊びに来る時間帯なのに。まだ宿題と格闘しているのだろうか。

　ラジオ体操が終わって二人が帰ったのが七時ちょっと前。もう来てもいい頃合いだろうに。

「おにーさん？」

「……」

　それとも、ここに来る途中で何か事故にでも巻き込まれたとか……？

　いや、それなら救急車やパトカーなんかのサイレンが聞こえてくるだろうし、あいつに限って……いやしかし……

「次こっちの攻めだよ？」

「わりぃ、俺もう帰るわ。ありがとな」

「え、うん」

　交ぜてくれた女子小学生たちに別れを告げ、駆け足で春山《はるやま》家に向かう。

「あっ、勇くん」

　朝と同じ服装の未来《みく》が出迎えてくれた。

「未夜います？」

「うん上がって、未夜、部屋にいるから」

　よかった。

「すんません、お邪魔します」

　未来に招き入れられ、春山家へ。

「さっきね、出ていってすぐに戻ってきたの」

「え？　なんかあったんすか？」

「それが私にもさっぱり。聞いても『別に』とか『さぁ』ばっかり。なんだかすっごく機嫌悪いの」

「ええ……」

　やべぇ、帰ろうかな。未夜が無事で安心したが、嫌な予感がする。〈みや〉と名前の入ったプレートが取り付けられた扉をノックする。

「おーい、未夜、入るぞ」

　久しぶりに入る未夜の部屋。

　勉強机の上には『夏休みの友』が広げられており、女の子向けの愛らしい筆箱と文房具が散らばっている。

　俺が一歩部屋に入ると、途端に小さな枕が飛んできた。

「わぷっ」

　顔面に枕がヒットする。

「何？」

「何って、お前が来ねーから迎えに来たんだよ。もう少しで九時になるぞ。まだ宿題終わら——なんだ、お前泣いてたのか？」

未夜の目元は赤く腫れ、潤んでいた。声もそういえばかすれているし、この枕も少し濡《ぬ》れている。彼女はベッドの縁に座り、真っ赤な目で俺を見上げていた。

「ほれ」

俺は枕を元の位置に戻した。

「泣いてないもん」

そう言って目元をぐしぐし擦《こす》る。指ではなく、手のひらで涙を拭うのが未夜の泣き方だ。

ひとしきり擦ったら、今度はベッドに横になって枕に顔を埋《うず》める。

「なんだ、やっぱ腹でも痛いのか？」

「別にー」

「宿題が終わんねーのか？」

「もう終わったもん」

冷たい声が返ってくる。声に抑揚がない。

なんだ、明らかに不機嫌だ。

いったい何があった？

母親と喧嘩でもしたのか？

「ほれ、立てって」

寝転んでいる未夜の手を取ると、ぺしっと弾《はじ》かれた。

うわぁ、これは相当なおこだぞ。

「は？　なんで来たの？」

「だからお前がいつまで経《た》っても来ないから——」

「お姉さんたちとバスケしてればよかったじゃん」

「ああ？」

「そっちの方が楽しいんでしょ」

何をいきなり……バスケ？

あ、さっきの子たちと遊んでいたのを見てたのか。

ははぁ、自分をほったらかしてほかの子と遊んでいたと思ったんだな？　子供のくせにいっちょ前に嫉妬しやがって。こちとらずっとお前を待っていたってのに。

「ちげーよ。あれはゴールが一つしかなかったから、あの子たちが気をきかせて一緒にやろうって誘ってくれただけだよ」

「勇にぃが先にやってたのに？」

「俺は一度ゴールを譲ったんだよ。一人で独占するのも大人げないだろ？　そしたら向こうが一緒にやろうって」

「じゃあその子たちと一緒に遊んでればー」

末夜はごろんと仰向《あおむ》けになる。まだ目は潤んでいる。

「私、別に怒ってないもん」

「はぁ」

俺はため息をつく。

ったく、これだから子供はめんどくせー。

いちいち気持ちを言葉にしなきゃ伝わんねーのか。

俺はベッドの縁に座り、未夜の方を見る。

「馬鹿。お前と遊びたいから戻ってきたんだろうが」

「ふぇ？」

「俺はこう見えて人見知りなんだよ。知らねー女の子相手にめちゃくちゃ気ぃ遣ってすげー疲れたぜ」

「ふ、ふーん」

「ほれ、行くぞ。うちでなんか冷たいもんでも食おーぜ」

未夜の手を取る。

小さな手のひらが、今度は素直に握り返してきた。

第五章　小さな疑念

1

四月は終わり、春の深みがより増す五月へ。ＧＷに突入し、観光業が盛んなこの街は大勢の人で賑《にぎ》わう。高校も数日前から休みに入った。

「えー、それでは、第一回、どうやって勇《ゆう》にぃに気づかせよう会議を始めます。議題はそのままずばり、どうやって勇にぃに気づかせるか……」

場所はイ〇ンのマ〇ドナルドの奥まった席。Ｓサイズのアイスコーヒーを一口飲み、私は切り出した。

「はーい」と眞昼《まひる》が手を挙げる。

「はい、龍石《りゆうしやく》くん」

「もういっそのこと議長が勇気を出して名前を告白してしまえば、一瞬で解決するのでは？」

「はい却下。議題の趣旨を理解してください」

「へーい」

「できれば、こっちが必死になってることがバレない程度に自然かつ、勇にぃが自分から

気づけるような、それでいて、一発でこっちの正体に気づけるくらいの威力があって
――」

「要求がエグい。っつーか、もう必死なのは認めんのね。あむ」

眞昼は二つ目のビッグ○ックにかぶりつく。

「そりゃ、もうなりふり構ってられないもん」

「勇にぃも困ったもんだよなぁ。よぉく未夜《みや》の顔見れば、面影はあんのになぁ……そうだ、当時の格好で攻めてみれば？」

「というと？」

「服……はサイズ的に無理としても、髪の分け方とか、アクセサリーとか、昔に寄せてみたらどう？」

「ふむふむ」

「ほら、小学校の頃はハートのヘアピンよく付けてたろ？」

「うん、勇にぃに誕生日プレゼントで貰《もら》ったの」

「それ付けていけばいいじゃん」

あれかぁ。

「あたしも勇にぃに貰ったリストバンドは今でも付けてるし」

ビッグ○ックをぺろりと平らげた彼女はLサイズのポテトに左手を伸ばす。その手首にはリストバンドがはめられている。

年季の入った黒いリストバンド。眞昼の七歳の誕生日に勇にぃがプレゼントしたものだ。

「眞昼、それ大事にしてるもんね」

「うん」

私の七歳の誕生日に勇にぃがくれたのはヘアピンだ。

真っ赤なハートのジュエルの周りをラメ加工したもので、当時はかなり嬉《うれ》しかったのを憶《おぼ》えている。

今でも大事にしている宝物だけど、見た目が子供向けすぎるのが難点だ。

あれって、小《ち》っちゃい女の子がお姫様ごっこに使うやつなんだよね。リストバンドならまだしも、高校三年生にもなってあれを付けて表を出歩くとなると、周りからやべー女認定を食らう恐れが……。

いやいや、なりふり構ってられないって自分で言ったばっかりだ。

「よーし、やってやる」

「おう、頑張れー」

そう言って、眞昼はマッ◯シェイクに手を伸ばした。

＊

〈ヘアピンよし、髪の分け目よし、スマホのマナーモードよし。〈ムーンナイトテラス〉

に、いざ突撃！

「いらっしゃいませー、おっ」

「こ、こんにちは、勇さん」

「どうもどうも……ん？」

心臓が変な打ち方をしてる。

や、やっぱり変じゃないかな。

ここに来るまで、いろんな人が私の頭を見てなんともいえない表情を見せた。事情を知らない星奈《せいな》ちゃんにも一応見せてみたら、鼻で嗤《わら》われて『これで勉強しな』ってファッション雑誌渡されたし。

勇にぃの視線はやはりというか、ヘアピンに向いている。その表情のぎこちなさが、私の不安を掻《か》き立てる。

どうしよう、ダッセぇ女とか、陰キャが無理しておしゃれしてるな（笑）、とか思われてないかな。

やっぱりやめとけばよかった。

「それ――」

「は、はい」

「似合ってるねぇ」

「へ？」

意外な言葉が飛び出てきた。

「に、似合ってますか？　これ？」

「うん、可愛《かわい》いじゃん」

「えへ、えへへ」

可愛いって言われちゃった。

って、ちがーう。

喜んでる場合じゃないでしょー！

勇にぃ、このへアピンに見覚えないの？　あなたがくれたものだよ？

「カウンターにどうぞ」

「……むぅ」

カウンター席に座るや否や、いつもは寡黙なおじさんがぎょっとして二度見してきた。

マジかこいつ、という表情を一瞬見せる。

「いらっしゃい、ませ」

コーヒーはさっき飲んだから……

「コーラフロートください」

「か、かしこ、まりましった」

キッチンに消えるおじさんの背中が震えている。

恥ずかしい。

それにしても低学年向けのヘアピンを似合うって言っちゃう勇にぃのセンスが心配だよ。十年東京にいたのに。東京ってもっとおしゃれな人が集うところじゃないの？

「そのヘアピン」

「え？」

勇にぃが傍《そば》によってまじまじと私の頭を眺めている。

「な、何か」

おっ、さすがに気づいた？

これは、体を張ったかいがあったか？

そうだよね。

やっぱり憶えてるよね？

「そういえば、前に隣の家のクソガキの話をしたよね」

「ええ」

クソガキは余計だよっ。

「そいつの誕生日にあげたのと同じデザインだなぁって思って」

「へ、へぇ」

同じデザインっていうか……同じだよ！

結局この日、勇にぃは気づくことなく、「御剣《みつるぎ》日菜子《ひなこ》」とかふざけた名前を答えてきたのでデコピンをお見舞いしてきた。

＊

未夜のやつ、うまくやってるかなぁ。

「ただいまー」

「おかえりー、眞昼ー、先にお風呂入っちゃいなー」

「うん。ママ、今日のご飯何ー？」

「とんかつー」

「よっしゃ」

鞄《かばん》を部屋に置き、あたしは脱衣所へ向かった。制服を脱ぎ、下着姿になる。

最近またブラジャーがきつくなったように思う。重くて動きにくいし、足元は見にくいし、男どもはこぞこそ胸ばかり見てくるしで、大きくなったって全然いいことなんてない。

と、今までは思っていた。

「……」

胸に手を当ててると、勇にぃを抱きしめた時のぬくもりが蘇《よみがえ》ってくる。

勇にぃは、大きい方が好きなのかな……なんて。

「あれ？」

下着を脱いで最後にリストバンドを外すと、裏側に縫い付けておいた赤いハートのワッペンが外れかけているのに気づいた。

「あーあ」

また後で縫い直しておかないとなー、とそんなことを考えながらあたしは浴室に向かった。

2

五月二日。

「ええ？　じゃあGWはこっちに戻ってこないの？　うん、うん……分かった。じゃあ夏休みにね。絶対だよ？　え、うん。それまでには気づかせておくよ……頑張る。うん、バイバイ、朝華《あさか》も頑張ってね。はーい」

通話を切り、私はベッドに倒れ込む。

「帰ってこられないのかぁ」

朝華は神奈川県の私立女子校に通っている。全寮制の学校で、いわゆるお嬢様学校というやつらしい。静岡には長期連休にならないと戻ってこられないため、隣県ではあるが会う機会が少なくて寂しい。

眞昼と同様、幼稚園の年長さん以来の家族同然の親友。いや、この三人はもう姉妹と言っても過言ではない。もちろん、誕生日が一番早い私がお姉さんだ。

「おねぇ」

妹の未空《みそら》がひょこっと顔を覗《のぞ》かせる。ローツインの髪がはらりと垂れた。

「ん、未空、どうしたの？」

「眞昼《まひる》ちゃん来たよ」

「おっす」

未空の後ろから眞昼が現れる。赤いパーカーに濃いめのデニムを合わせたカジュアルな服装。そして左手首にはいつものリストバンド。

「ね、眞昼ちゃん、ゲームしようよ」

「んー、後でな」

「絶対だよ」

「おう」

「おねぇさぁ、ちょっとは眞昼ちゃんを見習いなよ」

「え？」

「そんなだらーっとした服着て、ダサいと思わないの？」

襟がだるだるに伸びきったTシャツに学校のジャージといった、いわゆる部屋着である。

「い、家の中だからいいの！」

「全く、そんなんだから彼氏もできないんだよ」

「う、うるさーい」

未空が出ていく。眞昼はテーブルの前に腰を落ち着け、

「可愛いなぁ、未空ちゃん。あたしも妹欲しいぜ」

「最近はめちゃめちゃ生意気だけどね。ゲームで自分が勝つまで挑戦してきたり、勝手に部屋に入って、漫画読んだりゲームしたり。全く誰に似たんだか」

「ま、子供は生意気なくらいが可愛げがあるって。あたしらにもあんな時代があったなぁ。勇《ゆう》にぃも、こんな気分だったのかな」

「……かも。あ、そうだ、朝華帰ってこられないって」

「あー、マジか。せっかく勇にぃ戻ってきたのになぁ」

眞昼はがっくりと肩を落とした。

四人がちゃんと揃《そろ》うのは、いったい、いつになるのだろう。もっとも、まずは勇にぃに気づかせなくては始まらない。朝華が帰省してくるまでには、絶対に気づかせてやる。

3

『勇にぃ』

茶髪の髪を振り乱しながら、未夜《みや》は駆ける。その幼い背中を俺は追いかけている。

『待てってって』

『早く早く』

二人の距離は縮まりそうで縮まらない。まだ小学一年生で、運動神経が壊滅的な未夜のくせに、今日はやたらと走るのが速いな。

『おら、捕まえたぞ』

未夜の小さな手を握る。すると、

『え？』

俺の前にいたのは、どぎついアイラインを引き、毒々しい目つきをした女子高生。スカートはその中身が見えてしまいそうなほど短く、シャツは大きく胸元が開けられ、髑髏《どくろ》のペンダントが妖しく光る。耳にはいくつものピアスが開けられており、いかにもやんちゃしてます、といった雰囲気だ。

『み、未夜なのか？』

『あんだよてめぇ、馴《な》れ馴《な》れしくウチの名前呼ぶんじゃねぇ』

ドスのきいた声でそう言うと、未夜は俺をねめつける。

『う、嘘《うそ》だ』

未夜が、未夜が、

「おわああああ――ゆ、夢か」

俺は飛び起きる。額に手を当てると、じっとり汗をかいていた。

なんて夢を見てしまったんだ。

「未夜」

あいつ、今頃どうしてるのかなぁ。

「勇、起きてる？　準備しなさい」

母の声が廊下から聞こえる。

「あ、ああ。起きてるよ」

俺はベッドから降り、身支度を始めた。

五月五日。

街の中心に位置する浅間《せんげん》大社。ここでは毎年五月と十一月に三日間ずつ大規模なお祭りが開催される。

五月に催されるのは流鏑馬《やぶさめ》まつりで、その名の通り本格的な流鏑馬演武が披露される。〈ムーンナイトテラス〉も屋台を出しており、当然のことながら俺も駆り出される。

懐かしいなぁ。

子供の頃は毎年二回の祭りを楽しみにしていたっけ。広い境内に立ち並ぶ出店、ひしめき合う人々。夏の町内会の祭りとは規模も格も段違いだ。

かき氷、フルーツの粉、チョコバナナ、ベビーカステラ、焼き鳥、アユの塩焼き、焼きトウモロコシ、ビーフシチュー、焼きそば、亀、わたがし、たこ焼き……

十一時を少し過ぎた頃、聞き慣れた声が聞こえた。

「勇にぃ」

眞昼だ。

「おう、眞昼……ってお前、なんて格好してんだ」

胸元が大きく開いた白いブラウスに、むっちりした太ももが露出する黒いミニスカ。そして左手首には黒いリストバンド。

「こんぐらい普通だって。なぁ？」

眞昼は横にいる例の美少女に声をかける。こちらは肩の露出した白いシャツに空色のキャミワンピを合わせ、長い茶髪をポニーテールにしていた。

当然といえば当然だが、周囲の視線——特に男——はこの二人の美少女に集中している。すでにある程度店を回ってきたようで、二人とも食べ物の入ったビニール袋を提げていた。

「勇にぃ、色々買ってきたから食おうぜ」

「いいのか？」

「はい、こっちはおじさんとおばさんに差し入れです」

美少女が父と母に袋を渡す。

「あらぁ、ありがとー！」

「ありがとうございます」

「じゃあ勇、先に休憩しといで」

「ああ」

屋台の裏に移動し、パイプ椅子に腰を下ろす。朝から同じ場所に突っ立っていたから足が棒のようだ。

「ふぅー、疲れた」

「はい、勇さん」

美少女はパックに入った焼き鳥を手渡してくれた。

ちなみに祭りで買える焼き鳥は俺の大好物だ。チープでジャンクなのに食べごたえがあって非常に気に入っている。

「ありがと、うむ、旨《うま》い」

「勇さんは明日も出るんですよね？」

「三日間あるからね」

ちなみに流鏑馬まつりは四、五、六日の開催となる。

「そうだ、流鏑馬見るだろ？」

眞昼がドネルケバブにかぶりついて言う。

「十年ぶりだしな。見とこうかな。って、ああっ、眞昼。ソースが垂れてる垂れてる」

幸いというべきか、垂れたソースは服ではなく、開けた胸に落ちた。

「あちゃ、勇にぃ、拭いてよ」

「え？　は？」

「あたし両手塞がってるし。早く、服まで垂れちゃう」

赤茶色のソースが白い胸の谷間に沿うように滴っていく。

「早くー」

「お、おう」

馬鹿な、何をドキドキしているんだ俺は。相手は眞昼だぞ。こういう奔放なとこは本当に昔と変わらんな。

そう思うものの、俺の手はぎこちなく震えるだけで全く動かない。

「ああ、もう、私が拭くから！」

見かねた美少女がウェットティッシュを取り出し、眞昼の胸を拭う。ちょっぴり残念な気もしないではなかったが、ひとまず安堵《あんど》の息をついた。

二人は仲のいい友達のようだ。その様子を微笑《ほほえ》ましく眺めていると、俺は不意に今朝の夢のことを思い出す。

未夜。

昔は、未夜、眞昼、朝華の三人と一緒に夏祭りや秋祭りを楽しんだものだ。それが今では眞昼一人。この謎の美少女は仲のいい友人のようだが、未夜とはどうなのだろう。十年という時間が、俺の心に重くのしかかった。

＊

こ、こんな往来で、何を考えてるのこのおっぱいは……

やはり痴女……？

わざと垂らしたとは、技術的にも考えにくいけど。この前はデコルテもばっちりガードしたパーカーだったくせに、なんで今日に限ってこんな露出の多い服なの！

＊

流鏑馬。

馬に乗りながら的を弓矢で射貫《いぬ》く武芸である。この神社の流鏑馬まつりはあの源　頼朝《みなもとのよりとも》が流鏑馬を奉納し、武運長久と天下太平を祈願したことが始まりとされているという。

広大な敷地の東西を貫くように専用の通路が整備され、木の柵で仕切られている。その柵の前には大勢の見物客が集まっていた。

「そろそろ始まるな」

この前のカラオケの時のように、二人が俺の手を握り合う両手に花状態。本当に、俺なんかがこんな思いをしていいのだろうか。

殺意のこもった視線を時折感じる。

「そういや、眞昼」

「ん？」

「そのリストバンド、まだ持っててくれたのか」

彼女の左手首には、昔俺が誕生日プレゼントとして贈った黒いリストバンドがはめられている。

「当たり前じゃん」

「懐かしいなぁ。ちょっと俺にも付けさせてくれよ」

「え？　だ、ダメ」

眞昼《まひる》にしては珍しく、秒で拒否された。

「なんでだよ」

「……だ、ダメなの」

「？」

なんでダメなんだろう。女心はよく分からん。

「ほ、ほら。馬来たよ」

東の方から馬が走り出した。白いたてがみを風になびかせながら、俺たちの眼前を駆けていく。

4

「あーもう、あの的に当たってたのに、全然倒れない。意味分かんない」

「まーまー、芽衣《めい》落ち着きなって。射的なんて詐欺みたいなもんだってママが言ってたし。

あれ？　未空《みそら》どうした？」

「ん、いや……」

私――春山《はるやま》未空は信じられないものを見た。

二人の友達と祭りを楽しんでいた最中のことだった。

おねぇとその友達の眞昼ちゃんが、謎のおっさんと一緒にお祭りを回っている。

しかも手を繋《つな》いで……

よからぬ想像が頭の中を駆け巡る。

あれ、もしかしておねぇの彼氏？

それにしてはおっさんだ。

眞昼ちゃんもいるし、仲は悪くなさそう。

いやでも……誰だ？

私の知らない男。

ドラマでよく聞くえんこーというやつなのかもしれない。意味はよく知らないけれど。

「怪しい」

「！　だよね、やっぱりあれ倒れないのおかしいよね」

胸騒ぎのようなものを感じつつ、私はその場を後にした。今は友達も一緒だし、声をかけるのはやめておこう。

よくよく考えてみると、最近おねぇの様子が変な気がする。

なんか気持ち悪い笑顔の時があるし、機嫌のいい日と悪い日の差が激しいし、前だって、いきなり占いの本を読み始めてたし……

いつもは家にいることが多くて小説ばっかり読んでたのに、最近はやたらと帰りが遅い日が増えた。

ちゃ〇読者歴二年の私の勘が言うのだから間違いない。

これは男だ。

＊

謎のおっさんとおねぇたちが一緒にお祭りを回っているのを目撃してから一週間が経《た》った。

おねぇは相変わらず帰りが遅いし、にまにましている日もあれば、とんでもなく機嫌が悪い日もある。悩みがあるみたいにぼんやりしてたかと思えば、急に何かをひらめいたように顔がキリっとすることもある。

「怪しい」

「へ？　何が？」

晩御飯の後におねぇはホットミルクを飲みながらリビングでテレビを見ていた。こっちの気も知らずに呑気《のんき》なものだ。

私は悶々《もんもん》とした毎日を過ごしていた。あれから一週間が経つが、詳細を聞こうにも相手が知らない男――それもおっさんであったため、なかなか切り出せなかった。

「何よ、いきなり怪しいって」

「別にー」

「変な未空」

リビングにはパパもママもいる。「おっさんと恋人同士なの？」なんてそのまま聞いたら、かてーほーかいの危機だ。

「未空、そろそろお風呂入る？」

ママが聞く。

「うん」

ママと一緒にお風呂に向かう。

「ねぇ、ママ」

湯船にママとつかりながら私は聞く。

「なぁに？」

「パパとママって何歳差なの？」

「何よ急に」

「いいから教えて」

「えーと、ママが四十歳で、パパが四十五歳だからー、五歳差ね」

「ふうん」

けっこう差があるな。でも五歳か。それくらいならまだ……

おねぇとあのおっさんは十歳くらいの差があると見た。

「もしさ、私が十九歳の男の人と付き合うって言ったらどうする？」

「警察に通報するかなー」

ママは即答する。

「え、じゃあ十四歳の人とは？」

「それも警察に通報する」

「ええ～」

じゃあおねぇもやばいじゃん。ママに知られたら通報されちゃう。しかも眞昼ちゃんも一緒にいたし。

「……」

眞昼ちゃんも一緒……ってことは……

「不倫だ！」

「未空、どうしたの!?」

お風呂から上がった私は、家の電話に飛びついた。もうこれは当事者に聞くしかない。

「あ、もしもし眞昼ちゃん？」

四回目の発信でようやく繋がった。

「あ、未空ちゃん？」

「やっと繋がったよ」

「ごめんごめん、マナーモードにしてたから気づかなかったよ」

「眞昼ちゃんさぁ、今度いつ会える？」

「うーん、そうねー、明日なら部活オフだけど」

「じゃあ明日、遊び行っていい？」

「いいよー」

「ほんと？　じゃあまた明日ね」

「はいはーい」

冷静になって考えてみると、あの眞昼ちゃんがおっさんを相手にするとは思えない。かっこよくて綺麗《きれい》でスタイル抜群のあの眞昼ちゃんが、ぽけーっとしたおっさんと付き合うなんてあり得ない。

ただ、あのおっさんと仲がよさそうにしてたのは事実だし、いったいどういうことなんだろう。

おねぇと眞昼ちゃんの両方に関わりがあるってなると、学校の先生とか？

でも先生と手なんか繋がないよね。

やっぱりあのおっさんはどっちかの彼氏なのかなぁ。

こんなこと、直接おねぇになんか聞けないよ。

しかも不倫の可能性もあるんだから。

まあいい。明日聞けばはっきりすることだ。

翌日の土曜日。

私は眞昼ちゃんの家を訪れた。

「実は、聞きたいことがあって」

「えー、何さ改まって。ゲームの攻略法でも聞きたいの？」

「眞昼ちゃんってさ、彼氏いるの？」

「へ？」

分かりやすく顔が赤くなる。

「い、いや、いない、けど」

この反応は絶対に何かある。思い切って私は聞いてみる。

「この前のお祭りでさ、おっさ……おじさんと一緒にいたよね。あれ誰なの？」

「おじさんて……あ、まあ、もうおじさんっちゃおじさんか」

「あの人と手繋いでたよね」

「……うん」

いつも活発な眞昼ちゃんが、なんかもじもじし出した。

「彼氏、じゃないの？」

「ちちち、違うって」

反応が可愛《かわい》い。

「じゃあなんなのあの人」

眞昼ちゃんは左手首のリストバンドをさすりながら、

「えと、大切な人……かな」

いつものキリっとした眞昼ちゃんからは想像もできないような、恥ずかしそうな顔。

私の頭ははてなマークでいっぱいになる。

「……？」

「未夜《みや》からなんにも聞いてない？」

「うん」

「そっかー、たしかにあの頃は未空ちゃん生まれてなかったもんな」

なんだろう、眞昼ちゃんは遠くを見つめるような目になった。

「話せば長くなるんだけどね――」

＊

薄闇漂う夜の中を私はパタパタと走っていた。

今日はすっかり〈ムーンナイトテラス〉に長居しちゃった。勇《ゆう》にぃめ、今日こそは気づくかなって思ったけど、結局気づかなかった。

早く帰って次の作戦を練らないと。

「ただいまー」

家に帰ると、未空がまた私の部屋でダラダラしていた。ベッドの上には漫画が乱雑に散らばって、テーブルの上には食べかけのスナック菓子の袋が置かれている。

「おかえり」

「あ、もう未空。本は読んだら片付けなさいっていつも言って……あっ、こうやって縦に開いたら食べきらないといけなくなるからダメっていつも言ってるでしょ」

全く、このクソガキは～。

「はいはーい」

やれやれといった表情を見せる未空。

「ま、頑張んなよ」

「え?」

「おねぇはぶきっちょなくせに意地っ張りだからね」

何の話だ?

「勇にぃ、だっけ?」

「……! 未空、それ、ど、どこから」

「眞昼《まひる》ちゃんに聞いたよ。おねぇって昔はクソガキだったんだってね。ぷぷぷ」

未空はそのままベッドから飛び降り、私の肩をぽんと叩《たた》いて部屋を出ていく。

ま、まずい。

未空《みそら》は私のクソガキ時代のエピソードをどこまで聞いたんだ？　あの話やあの話を知られたら、私の姉としての威厳が大暴落だ。

そして未空が今よりもっと生意気になるかも……

「ちょっと未空、待ちなさーい」

5

——俺の部屋。

眞昼がジャージ姿でやってきた。どうやら部活帰りに寄ってくれたようだ。腕なんかは生地がだぼだぼに余っているのに、胸の辺りはとても窮屈そうである。何をしに来たのかと尋ねると、

「朝華《あさか》のことなんだけど——」

と、眞昼は朝華が神奈川県の学校に通っていることと、夏休みにならないと帰省できないことを伝えてくれた。

「そうか、朝華は神奈川の高校に……」

前に全寮制の高校に通っているとは聞いていたが、まさか県外とは。

まあ、神奈川なら隣県だしそこまで離れているわけではない。これが九州とか東北とか

だったら距離を感じるかもしれないが。

「うん。だから会えるのは夏休みになってからかな」

そう言って、眞昼はコーラを一息に飲み、むせる。

「け、けほっ」

「何やってんだお前。そうか、あいつお嬢様だったからなぁ」

朝華は三人の中では、比較的クソガキ度は薄めだったなぁ。寂しがり屋で、おとなしめで、そのくせ甘えたがり。

どんな風に成長してるだろうか。

幼い頃控えめだった子ほど成長するとはっちゃけるっていうし、いやでも朝華に限って……

ま、未夜の方はどうせ、とんでもない悪ガキに成長しているに違いないが。

「……」

それにしても、眞昼は朝華のことは自分から話題にするのに、未夜のことは全然だな。

「で、あたしもしばらくは来られないかも」

眞昼はベッドに寝転がり、足をぐっと伸ばした。

「え？　なんでだ？」

「なんでって」

眞昼は憂鬱そうな顔をして、

「中間テストがあるからねー。来週から部活も休みになるし、しばらくは勉強に専念しないと」

「あ、もうそんな時期か」

俺の母校では五月末に中間テストがある。そのため、部活によっては早ければ二週間ほど前から時短活動となり、最終的には休みとなる。生徒たちはその時間を勉強に充てるのだ。

「もー、マジで憂鬱だよ。ここにも来られないし、二週間くらい勉強漬けなんて最悪」

「だったらうちで勉強してけばいいじゃねーか」

「ふぇ？」

「飲み物も食べ物も好きなだけあるし、夜は客層も静かだぜ。なんだったらこの俺の部屋で勉強してくか？　昔はよくここで宿題やってただろ？」

「い、いいの？」

「おう」

「へへっ、ラッキー」

眞昼は起き上がり、ベッドの縁に座る。

「そういや、未夜も北高《きたこう》なのか？」

俺は自分の方から水を向けてみる。

「え？　う、うん」

「どんな感じなんだ？」

「どんな感じって、えーと」

言葉に詰まったように、眞昼の表情が固まる。未夜のことになると眞昼の様子は不自然になるのだ。それが俺の疑念を刺激する。

「あいつはもう彼氏いんのか？」

「さ、さぁ。いないんじゃないの？」

眞昼は首を傾《かし》げ、斜め上を見る。

「ふーん、眞昼は？」

「えっ!? あ、あたし？　あたしは、その……同年代の男に興味ないから……」

そうなのか。

未夜も眞昼も活発な方だし、彼氏はすぐに作れるだろうに。意外だな、と思う一方でなんだかほっとする俺がいた。これが父性というものなのだろうか。

「ゆ、勇にぃはどうなの？」

「何がだ？」

「その、彼女、とかいるの？」

一瞬、時間が止まったような静寂が流れた。

「馬鹿。忙しすぎてそんなもん作る暇なかったわ」

「……！」

彼女いない歴イコール年齢だ文句あるか、と心の中で啖呵《たんか》を切る。

プライベートな時間は切り詰められ、地元に帰省する余裕すらないほどだったのだ。

「やっぱり」

眞昼はにやっと笑う。

「やっぱりとはなんだこの野郎」

俺は反射的に眞昼に飛びかかり、彼女を押し倒す。

「きゃっ――」

「あっ」

気づいたら、眞昼のお腹《なか》の上に馬乗りになってしまっていた。眞昼は少し潤んだ目で俺を見上げ、口元を押さえる。少し斜めにかかった前髪が、妙に色っぽい。

って変態か俺は。現役女子高生を押し倒すなんざ、逮捕されてもおかしくないわいせつ行為だ。

「わ、悪い。昔のくせで」

「ううん」

つい眞昼が子供の時のようにしてしまった。俺はすぐに離れる。もうこいつは子供じゃない、立派な一人の大人の女なのに。

「痛くなかったか?」

「……へんたいっぽい聞き方」

そう言って眞昼はくすっと笑う。

「は？　そういうんじゃねーから。心配しただけだから」

「ふふ、ザコにぃにやられるほどやわな鍛え方してないし」

「このガキ……」

糞《くそ》。やっぱこいつは眞昼のまんまだ。

憎たらしく思う一方で、少しだけほっとした俺だった。

6

最近、ある疑念が俺の中で芽生えつつある。

考えてみれば当たり前のことで、自分にも心当たりが多々ある。

そんなことはない。

あってほしくない。

そう心の奥底で願いつつも、もしかしたら、と心のどこかで思ってしまう。

よくあることだと割り切ろうとするけれど、でもそれって、なんだか悲しいことだよ。

＊

な、なんだってー！

思わずお弁当のからあげを落としかけた私だった。

「セ、セーフ」

太ももの上に落ちただけなのでギリギリセーフだ。もも肉だけに。

羨ましいことに、眞昼は勇《ゆう》にぃの部屋でテスト勉強をすることになったという。テスト期間中は〈ムーンナイトテラス〉に行けないと伝えたら、勇にぃが自分の部屋を使っていいと言ってくれたそうだ。

眞昼はパックの紅茶を一口飲んで、

「だから、未夜《みや》はどうすんのかなーって。あたしはどうせ勉強すんなら勇にぃのとこでしようと思うんだけど――」

「私も行く」

「即答かい」

家では未空がちょっかいかけてきて集中できないので、いつもは図書館だったり学校の自習室だったりでテスト勉強に励むのだが、なるほどたしかに〈ムーンナイトテラス〉は勉強するのにいい環境かもしれない。

それに勇にぃもいるしね。

「くふふ」

「じゃあ、今日からあそこで勉強しようか」

でも……

「うーん、勇にぃの部屋に謎の美少女として入るのはなぁ……」

「え？　自分で美少女って言っちゃうの？」

「うるさい」

勇にぃの部屋に上がるなら、ほかの誰でもない、春山《はるやま》未夜として上がりたい。

思い出のたくさん詰まったあの部屋に、名前も知らない女の子を上げてほしくない。あ、なんか私って面倒くさい女になりそうかも。

「やっぱり私はいいよ」

「なんでさ」

眞昼《まひる》は眉を八の字に曲げる。

「勇にぃの中では、私はまだ未夜じゃない。私と眞昼と朝華の三人以外の女の子があの部屋に軽々しく上がったら、もやってするもん」

「……たしかに知らない女が勇にぃの部屋に入ったらあたしも嫌かも」

「だから私はいいや」

そういえば、小《ち》っちゃい頃に勇にぃが知らない女の子と遊んでいて、すっごくショックを受けたことがあったっけ。

今になって思えば、あの頃から私は嫉妬深かったんだろうな。

「ならあたしも付き合うよ。〈ムーンナイトテラス〉の中ならセーフだろ？」

「え、いいの？」

「いいさ」

「眞昼ー、そういうとこ好き」

私は眞昼に抱き着く。二の腕に温かいむにゅむにゅが伝わってきた。

その日の放課後、私は眞昼とともに〈ムーンナイトテラス〉を訪れた。店内はそこそこの混み具合で、勇にぃも忙しそうだった。

「勇にぃ、来たよ」

「こんにちは、勇さん」

「おーう、いらっしゃい」

なんとなく気の抜けた返事。

「なんだ勇にぃ？　なんか元気ないな」

「あー、そんなことないぞ」

忙しくて疲れてしまったのだろうか。それとも睡眠不足？

「寝不足ですか？」

「いや、そういうわけでもない。俺はいつも通りだよ」

そうは言うけれど、なんだかぼんやりしていて覇気がない。風邪でも引いたのだろうか。

二人掛けの席に座る。飲み物とお茶請けのお菓子を注文し、一息つく。私はカフェオレ、眞昼はコーラだ。

「ふぅ」

「ああ、学校終わりのコーラは最高だな」

「だねー」

今日も一日学校頑張ったぞ。

——じゃなくて、勉強をしに来たんだった。

勉強道具を広げ、さっそくテスト勉強に取りかかる。期末の実力テストよりは範囲や科目が少なくて助かるけれど、手は抜けない。

小一時間ほどでお客さんがはけていった。

「うぁー、ちょっと休憩」

眞昼がボリュームのある胸を主張するかのごとく、だらけた伸びをする。勇にぃが横を通ったのと同じタイミングだったのは偶然か？

「勇にぃ、集合」

眞昼に手招きされ、勇にぃはこっちのテーブルに戻ってくる。

「なんだよ、おかわりか？」

「お客さんもいなくなったことだし、ちょっと付き合えって」

「勉強してたんじゃねーのかよ」

「休憩だよ、休憩。な？」

「しょうがねーな」

「勇さんもなんだか今日はお疲れのようですね」

「元気ないぞ」

「……そうか？」

「悩みでもあるんですか？」

私が聞くと、勇にぃは眉をひそめて、

「悩み、というか、不安？　いやでも、うーん……うーん」

「お腹痛いのか？」と眞昼。

「……違うわ」

なんだろう、やっぱり今日は元気がない。

こういう時は、

「勇さん」

「えっ、ちょっ」

私は勇にぃの右手を取り、

「辛《つら》い時の元気の補給には手を握るのが一番ですよ」

「い、いやでも……」

顔を真っ赤にし、勇にぃは右手を震えさせる。

「私の実体験がそう言うんだから間違いありません。ほら、ちゃんと握り返してみてください」

カラオケの時だってお祭りの時だって、手を繋《つな》いでいたのに、今さら恥ずかしがるなんて勇にぃも可愛《かわい》いとこあるな。

カウンターの向こうでおばさんがにまにましている。

そうか、おじさんとおばさんがいるからか。

やがて、ぎこちなく震えていた手が握り返してくる。数秒すると震えも治まり、密着した肌の間に熱がこもった。

心地よいぬくもり。

気持ちいい。

「どうです？」

「あー、いい……かも？」

少しばかり表情が和らいだのでほっとする。

「ところで何をそんなに悩んでいたんですか？」

「え？　っとー」

勇にぃは私と眞昼を交互に見る。

「言いにくいことですか？」

「あたしに隠し事なんて水臭いぞ」

「いや、それは……えと、ああ、そう。最近髪が薄くなってきて、俺も年かなーなんてな。ははは」

「おじさんがふさふさだから大丈夫だろ。それより――」

眞昼は勇にぃの左手を取る。

「あたしも手、握ってやるよ」

「!?」

こ、このおっぱい、手を握るとか言いつつ、ちゃっかり勇にぃの手を胸の上に置いてるじゃないの！

なんてハレンチな……

結局、その後は勉強どころではなかった。

クソガキと夏祭り

1

「はい、ありがとうねー」

釣銭とともに、俺はイチゴ練乳のかき氷を手渡す。

「おにーさん、ありがとー」

まだ幼稚園児と思《おぼ》しき幼女が笑顔を見せる。汚れのない、澄んだ笑顔。未夜にもあんな時期があったなぁ、と懐かしくなる。

あちらこちらから香ばしい匂いが漂い、子供の純真な笑い声や酔っ払いの下世話な話が聞こえてくる。

近所の広い公園を使って行われる、町内会の夏祭りである。

運動会で見るような白いテントの下に、こぢんまりとした出店が並んでいる。一部、外部の業者も店を出しており、町内規模ながらなかなか賑《にぎ》やかだ。〈ムーンナイトテラス〉も出店《しゅってん》しており、売り上げは悪くない。

「おーい、勇にぃ」

未夜の声が聞こえてきた。

やれやれ、来たな。

声のした方に目を向けると、三人のクソガキが歩いてこちらに向かってくるところだった。

「おう、来たか」

珍しく……いや、夏祭りだから珍しいというわけでもないが、三人は浴衣姿だった。

「あらぁ、可愛いわねぇ」

母が目を輝かせる。

末夜は黒地に花火の柄が入った夏にぴったりの浴衣。

眞昼は柄のない白い浴衣とシンプルだが、袖から覗《のぞ》く日焼けした肌になんとも趣がある。

よく見ると、帯に金色の蝶の刺繍《ちょうししゅう》が施されていた。

朝華《あさか》は淡い水色の浴衣に朝顔の柄が入っていて、実に涼しげだ。

「おめーら、涼しそうだなぁ」

「勇にぃはいつもと変わらん服か。じょうちょのないやつだ」

眞昼が偉そうに言う。

「お前、情緒の意味分かって言ってんのか」

「でもこれあんまし涼しくないよ」と末夜。

「なんか中がもわってするよね」

朝華が同調する。

「へぇ。俺、浴衣なんか着たことないからなぁ。おめぇら、そんなことよりなんか飲んでけ。売り上げに貢献しろ」

三匹のクソガキはカフェオレとかき氷を注文し、併設された飲食スペースに移動する。

「勇、あんたも休憩して、一緒に回ってきてやんな」

「おう」

三人のところに行くと、朝華が手を繋いでくる。華奢《きやしゃ》な手のひらを握る。さっきまでかき氷を食べていたからか、少し冷たかった。

「お、勇にぃ来たな」

「眞昼《まひる》、浴衣姿で足を組むんじゃない。はだけてんじゃねぇか」

「だって、動きにくいんだもん」

「花火まで後どんくらい？」

未夜が聞く。

この祭りの目玉は夜七時から始まる打ち上げ花火だ。町内会の予算のほとんどがラストの花火大会に使われるという噂《うわさ》があるとかないとか。

「えーと、午後一時だから、まだ全然だぞ」

「ええ〜」

「とりあえず、色々回って遊んでこう」

「「「おー」」」

主に食べ物を買いながら出店を回る。町内会主催なので、顔見知りが多い。

絶対に倒れない射的や当たりのないくじ引きなど、あくどい的屋がいないのが町内会の祭りのいいところである。その分小規模であるが、そこは仕方ない。

子供の頃、射幸心を煽《あお》られていくら搾り取られたことか。

「あ、チョーコバーナーナー」

末夜が駆け出す。

祭りといえばチョコバナナと言っても過言ではない。色とりどりのチョコでコーティングされたバナナが、台の上に林立している。

それにしても一本二百五十円って高いな。俺が子供の頃は二百円だったのに。

「末夜、朝華、いいこと思いついたぞ。こうやって周りのチョコをぺろぺろ舐《な》めてからバナナを食べれば二倍楽しめる」

そう言って、眞昼は小さな舌べろをバナナに這《は》わせ始めた。

「その食べ方はやめろ！」

＊

「ヨーヨー風船釣ろうぜ」

眞昼が腕まくりをして言う。

これまた懐かしいものを。

「あぁー、また破れた」

未夜も眞昼も失敗が続く。

「勇にぃやってよ」

仕方ない、大人の力を見せてやるか。

「貸してみろ」

こういうのは何よりも紙紐《かみひも》を濡《ぬ》らさないことが大事なんだ。

「――あれ？」

「へたくそー！」

「ザコにぃ！」

馬鹿な。この親父《おやじ》、まさか紙紐に切れ目を入れて――いや、普通だわ。

「私に任せてください」

「朝華もやりたいのか？　いいか、ここの部分が紙になってるから濡らさないように注意しろよ」

「はい」

「……」

まるでたこ焼きをひっくり返すかのように、ぽんぽんヨーヨー風船が釣り上げられていく。

「朝華、店を潰す気か？」

＊

入り口付近には外部業者のお化け屋敷が設営されている。

さすがはプロの業者というべきか、かなり凝っている。

「……どうする？」

三人の方を振り向くと、一様に目を逸《そ》らしやがった。

「よし、入ろうぜ」

「うわああ、やめろー」

「放せー、へんたい」

「きゃー」

「おい馬鹿、誤解を招くような叫び声上げんな。それとも、なんだぁ？　怖いのかぁ？

はっはっは」

「こ、怖くないぞ」と未夜。

「なら、いいよなぁ」

列に並び、順番を待つ。

いよいよ俺たちの番だ。

「大人一人と、子供三人ね」

代金を払い、まずは俺が入る。

「今だ！」と眞昼の叫び声。

「あ？」

気づくと、クソガキたちが列を抜け出していた。

「あ、お前ら」

「ゴールで待ってるぞ」

「ちょっ」

「お兄さん、混んでるから早く入っちゃって」

受付のおばさんが俺の背中を押す。

「いや、待っ――」

「一名様ご案内でーす」

「ひああああああああ」

＊

「あっ、ママ」

眞昼がある出店に駆け寄った。

焼きそばを焼いているのは、眞昼によく似たショートカットの美女だ。年齢は三十歳前後だろうか。

なるほど、これが眞昼のお母さんか。どことはあえて言わないが、すごいでかい。

「眞昼、あら、未夜ちゃんに朝華ちゃんも」

「あ、どうも」

俺はぺこりと頭を下げる。

「おっ、君が噂の勇にぃだね。眞昼がいつもお世話になってます。龍石《りゅうしゃく》　明日香《あすか》です」

お辞儀をした拍子に、どことは別に言わないが、たゆんと揺れる。

「いやぁ、そんなことないですよ」

「眞昼はいつも勇にぃがー、勇にぃがー、ってうるさいのよ」

「ママ、うるさい」

眞昼が明日香にじゃれつく。

「娘がお世話になってるお礼に、焼きそば持ってって。お代はいいから」

「すいません、ありがとうございます」

焼きそばを手に、飲食スペースに移動する。

「ところで眞昼、お母さんのことママって呼ぶのか？」

「うるさーい」

2

夜に近づくにつれて、人が多くなる。

「おい、そろそろ始まるぞ」

暇になって携帯ゲームをしていたクソガキどもに声をかける。

やがて風を切るような音が聞こえたかと思うと、ドン、という音と共に空に花が咲いた。

「うわー」

「すっげぇ」

「綺麗《きれい》です」

夜空を埋め尽くすように、次々と花火が打ち上げられる。毎年のことながら、感動する。

つんつんと、手を引っ張られた。

「ん？」

見ると、未夜が耳に顔を寄せて、

「また来年も一緒に見ようね」

「当たり前だろ」

夏の夜空に咲く、大輪の花々。

爆《は》ぜた光の尻尾が薄闇に溶けていく。

クソガキと同レベル

1

長かった夏も終わり、季節は秋へ移りゆく。

とはいえ、九月に入ってすぐに気温が下がるというわけもなく、まだまだ蒸し暑い日は続きそうだ。

「ねぇ、有月《ありつき》くん。そういえばイ〇ンで迷子になったってマジ？」

「え!?　いや、あれは――」

「下村《しもむら》さんが聞いてたよ」

「あ、俺も聞いたぞ。どういう状況だよ」

「いやー、それは……」

い、言えない。

十歳以上も年下のクソガキに呼び出されたなんて……

クソガキめ……

久々の学校で糞《くそ》ほどイジられた俺はクソガキたらへのヘイトを若干溜《た》めつつ帰宅する。始業式しかないので午前で帰ることができた。良い飽きたそうめんをすすっていると、外の方から聞き慣れた声が聞こえてくる。

表に出ると、案の定、未夜《みや》、眞昼《まひる》、朝華《あさか》の三人がいた。

「おう、おめーらも今日から学校か」

三人は帰宅途中のようで、赤いランドセルを背負って暑そうにしていた。

そういえば、ランドセル姿の眞昼と朝華を見るのはこれが初めてかもしれない。胸には名札を付け、黄色い通学帽子をかぶっている。

「ん？」

もう一つ変化があった。

「眞昼、お前、白くなったな」

いつも男の子のように真っ黒に日焼けしていた眞昼の肌が、漂白したように白くなっていた。

「やっと皮が剝《む》けたんだ。こっちはまだ少し黒いぞ」

そう言って眞昼はシャツの襟をぐいっと引っ張り、小さな鎖骨を露出させる。その周りは、たしかにまだら模様に皮が残っていた。

「う……」

こういう中途半端な状態を見ると、無性に剝がしたくなる。一気にぺりっと剝がしたら気持ちいいだろうなぁ。

「そんなにじっと見るな、へんたい」

じとっとした目で俺を見上げ、眞昼は襟を戻す。

「お前、自分で見せといて……」

というか、俺はこんな薄っぺらい胸には興味ないわ！

ボン、キュッ、ボンが好きなんじゃぁあああ！

と声を大にして言いたいが、天下の公道でそんなことは言えない。

「それよりお前ら、あちぃだろ。なんか飲んでけ」

三人とも額に汗を浮かべている。まだまだ残暑が厳しい。

「でも学校の帰りだからお金ないです」

朝華がしょんぼり言う。

「奢《おご》ってやるよ」

「マジか」

「ナイスだ勇《ゆう》にぃ」

「やったぁ」

店内の一角に陣取る三人。グレープジュースを飲みながら未夜が言った。

「そういえば勇にぃ、来週は眞昼の誕生日だよ」

「うん？　そうなのか？」

「九月九日だ」となんだか気恥ずかしそうに眞昼は言う。

「へぇ。で、いくつになるんだ？　くくっ、五歳か？」

「うがー、七歳だ！」

「冗談だって」

「全く。プレゼント、期待してるぞ」

「分かったよ」

「勇にぃは男なのになかなかセンスがいい。私の誕生日にくれたこのヘアピンも可愛《かわい》いし」

未夜が頭のヘアピンを指さす。

「それ、勇にぃに貰《もら》ったものだったのか？」

眞昼が羨ましそうな顔をして聞く。

「うん」

「あたしにもいいものよこせよ」

「分かってるって」

「私の誕生日は十二月八日ですから！　覚えててくださいね」

朝華が俺の手を握りながら言った。

「分かった分かった」

「そういえば、勇にぃの誕生日はいつだ？」と眞昼。

「俺か？　俺は十月二日生まれだ」

「来月ですね」

「ふふふ、期待してるぞ、お前ら」

2

「うーむ」

どれがいいだろうか。

夏休みにクソガキたちと一緒に来たイ○ンの雑貨ショップ。メルヘンチックな店内はやはりというか、当然というか、少女ばかりだ。

子供向けのアニメグッズや文房具、アクセサリーなどが点在するショップ内において、店員を含め男は俺だけ。

明らかに浮いている……

眞昼も女の子なんだし、プレゼントするならこういった系統の方がいいだろうと思ったが、眞昼がアクセサリーを身に付けているのを見たことがないな。

おてんばだし、男の子っぽい嗜好《しこう》があるし、服装も男の子みたいだし、きらきらしたアクセサリーで着飾った姿が全く想像できん。

髪が短いからヘアゴムは使わないだろう。ヘアピンは未夜と被《かぶ》る。ネックレスや指輪なんかはまだ年齢的に早い。

「うーむ」

悩むなぁ。

別のところで探そうかな。

そろそろ「うわ、何あの男」という周囲の視線に耐えきれなくなった。

「おっ」

店を出ようとしたところで、ある物が目に留まった。

これなんかいいんじゃないか？

眞昼のやんちゃな雰囲気に合うし、けっこうおしゃれじゃないか。

俺が目を付けたのは黒いリストバンドだ。白いラインが入っているだけだが、こういうシンプルなのが気取らなくていい。

眞昼のボーイッシュな服装にもぴったりだ。

我ながら恐ろしいセンスだ。

そうして、俺はリストバンドを手に取りレジへ向かった。

3

そして九月九日。〈ムーンナイトテラス〉のテラス席。

「すげぇ、かっけぇ！」

華奢《きゃしゃ》な左手首にはめたリストバンドを恍惚《こうこつ》の表情で見つめる眞昼。

「眞昼ちゃん似合ってるね」と朝華。

「あたし、こういうの欲しかったんだ」

タンクトップに短パンといった軽快な服装に映えるリストバンド。スポーティーな雰囲気を演出しつつ、どこかで子供らしさが感じられる素晴らしいアイテムだ。

「分かるぞ。指ぬき手袋とリストバンドは子供の憧れだからな」

俺も子供の頃はアニメの主人公を真似《まね》してリュックサックと帽子と指ぬき手袋を身に付け、ガチャガチャのカプセルを投げたものだ。

「眞昼、かっこいいじゃん。ねぇねぇ、私にも付けさせて」

未夜が眞昼に抱き着く。

「ふふ、いいぞ」

リストバンドが未夜の手首に移動する。

「うわぁ、なんか力がみなぎってくる」

「だろ？」

「私の誕生日、忘れないでくださいね」

朝華が俺の手を摑《つか》む。

「分かってる分かってる。十二月八日だろ」

「はい！」

「勇にぃ！」

椅子に深くもたれた俺の膝に眞昼が乗ってくる。

ここまで喜んでもらえるならプレゼントしたかいがあるというものだ。

「ありがとう」

抱き着いてくる眞昼の小さな体から、お日さまの匂いがした。

＊

「……はぁ」

テラス席ではしゃぐ三人の少女とそれに交じる息子を見やり、さやかはため息をついた。

「女の子の誕生日に贈るのが黒いリストバンドって……嘘《うそ》でしょ」

眞昼が喜んでいるからまだいいけれど、息子の子供みたいなセンスに不安と戦慄を覚えるさやかであった。

最終章 …… 夜を迎えに

1

午後四時半過ぎ。いつもの時間にいつもの二人がやってくる。

「おっす勇にぃ」

「こんにちは勇さん」

「いらっしゃい」

眞昼と謎の美少女がここでテスト勉強を始めて一週間。

いつも二人一緒に訪れる。相当仲が良いのだろう。

もう定位置と化した二人掛けの壁際のテーブルに座り、勉強に励む二人。時折こちらを見てにやにやしたり、何かを囁《ささや》き合ったりしているのはなんだろう。

俺の仕事ぶりでもチェックしてるのか？

「よーし、そろそろ休憩。勇にぃ、おかわりー」

「サンキュー」

一段落ついたところでおかわりを持っていく。

「ありがとうございます」

謎の美少女は優雅にカップを持つ。上品にコーヒーを飲む姿は本当に綺麗《きれい》だ。しぐさや表情には思わず見とれてしまう愛らしさがあり、さっといいところのお嬢様なんだろうな。

奔放な眞昼《まひる》とはいい意味で対照的だ。

シャツの胸元を大きく広げ、腕まくりをして、白い柔肌をさらす眞昼。全く、あいつには羞恥心というものがないのか。子供の頃から全然変わってない。

謎の美少女の方はきちっとブレザーのボタンまで留めて、優等生の雰囲気を醸し出している。

どちらも全く違うタイプではあるが、人の目を集める美少女だ。現に、二人が来店すると一気に店内の空気に華が出る気がする。

「そういえば」と俺は切り出す。

「二人ともきっちり勉強してて偉いなぁ。未夜《みや》のやつもちゃんと勉強してるかな」

「へ？　さ、さぁ……してるんじゃないカナ」

急に眞昼はピンと背筋を伸ばし、ぎこちない返事をする……

「あいつは昔っから直前で慌てるタイプだったからなぁ」

「そ、ソウダネ」

眞昼はなんだか謎の美少女の様子を気にしているようだった。美少女はにっこり笑顔を張りつかせたまま、眞昼の方を向いている。

「あの悪ガキ、もしかしたら勉強なんかしないで遊び回ってたりしてな。よく宿題やらずに怒られてたっけ。はっはっは」

「ん、け、けほ。ゆ、勇《ゆう》にぃ、おかわりほしいなー」

眞昼は一息にコーラを飲み、額に汗を浮かべる。

「お前、炭酸一気飲みして大丈夫か？」

「ら、らいりょうぶ」

「だいじょばねぇだろ」

俺はグラスを下げてキッチンに戻る。

あの眞昼の反応に、俺の中で芽生えていた疑念はますます大きくなる。

やっぱりそうなのか？

未夜とは、もうあまり仲良くないのだろうか。

眞昼の方から未夜の話はあまりしないし、こちらから未夜の話題を出すと、なんだかどうもぎこちない感じになる。

ここに来るのも一人か、あの美少女と一緒の時だし……

今ではあんまり未夜とつるまないのだろうか。子供の頃に仲の良かった友達と、成長するにつれて疎遠になることはよくあることだ。

俺にも覚えがある。

中学や高校の友達なんて、もう何年も会ってないし、小学校時代の友達に至っては顔や名前すら思い出すのに苦労する。

環境が変わるたびに、出会いと別れが繰り返され、人間関係は少しずつ変化していくものである。

別にそれはおかしなことではない。

世の中の全員が経験してきたはず。

でも、なんだかそれって……

姉妹みたいだったあいつらに限ってそんなことって……

——あってほしくねぇよな。

「勇にぃ、どうした？」

眞昼が心配そうな声色で言う。

「ん、ああ、いやなんでもない。はいコーラ。勉強頑張れよ。あと一週間だろ？」

「おう」

眞昼は満面の笑みを返す。

「はい、頑張ります」

向かいに座った美少女も、こちらがドキッとするような可愛《かわい》い笑顔だった。

＊

もう、馬鹿にぃめ。余計なこと言うんじゃない！

未夜なら目の前にいるだろうが、全く。

あたしは新しいコーラに口をつける。

あー、その前にコーラ一気飲みしたからのどが痛い。

それにしても、ここまで気づかないとなると、鈍感というレベルを通り越してないか？

なるほど、未夜がムキになる気持ちも分かる気がするよ。もしあたしが未夜と同じ立場だったら、きっと未夜以上に荒れる気がするなぁ。

早く、また四人一緒に遊んだりしたいなぁ。

夏には朝華《あさか》も帰ってくるだろうし、それまでにはなんとか決着をつけてほしいけど。左手首のリストバンドを撫《な》でながら、あたしはため息をついた。

これからどうなることやら。

2

「うにゃー」

眞昼がぐでーっとテーブルに突っ伏して、シャーペンと消しゴムとノートが無駄に肥大した胸に飲み込まれていく。圧倒的な暴力の図だ。

現在時刻は正午前。

今日はテスト前の最後の休日なので、私と眞昼は朝から〈ムーンナイトテラス〉で勉強をしていた。特別に開店前の七時半から入れてもらい、休憩を挟みながら都合四時間ほど勉強している計算になる。

「もう……限界」

「休憩する？」

私が聞くと、眞昼は大きくのけ反って、

「違う。休憩とかそんなんじゃない。なんかこう、限界」

「？」

「み……よくそんな長時間座ってられるな」

「私はじっとしてるのに慣れてるから」

全く、これだから体育会系は落ち着きがなくて困る。

「眞昼、どうした？」

「なんだか集中力が切れてしまったみたいです」

私が説明すると、勇にぃは顔をほころばせて、

「くっくっく、眞昼は昔から落ち着きがないからなぁ」

「うるさい、馬鹿にぃ」

言い返すも、声には覇気がない。

「まだ昼前だろ？　四時間くらいしか経《た》ってないじゃんか」

「そうだけどぉ。っていうか、四時間ってそこそこ長いじゃん」

「何を甘いこと言ってんだ。俺は朝の七時から翌朝の七時まで働いたことがあるぞ。はっはっは」

「……それは笑えないんだけど」

「勇、先に休憩入っといで」とおばさんが声をかける。

「おう」

勇にぃはエプロンをほどく。それを見つめながら眞昼は立ち上がって、

「あたし、ちょっと気分転換にその辺散歩してくる」

「いいけど、早く戻ってきてよね」

「勇にぃも休憩だろ？　一緒に行こうぜ」

そう言って眞昼は勇にぃの背中を押す。

「ああ？　いいけど」

待てコラァ。

＊

「うーん、気持ちいい」

外に出ると、眞昼は伸びをしながら深呼吸をした。

「やっぱり体を動かすのが一番のリフレッシュになるな。ずーっと同じ場所にいると何も

してないのに嫌な疲れが溜《た》まるもん」

「眞昼、勇さんの休憩が終わるタイミングで戻るから、そんな遠くに行かないでよね」

「分かってるって」

謎の美少女が忠告する。その様子は友人であり、姉妹のようだ。この二人は本当に仲がいいんだなぁ。

俺は自販機で買った缶コーヒーを飲みながら二人の後ろを歩く。少し歩くと、正午の時報が街中に鳴り響いた。

「そういやもうお昼か。どこかで飯でも食ってくか？　奢《おご》るぞ？」

「いいのか？」

眞昼がこちらを振り返る。満面の笑みだ。

「大丈夫ですか？　勇さん」

謎の美少女がこちらに顔を寄せて言う。

「いいっていいって。そんくらい」

「そんくらいで済むといいんですが」

不安そうに謎の美少女は言う。

「社会人の懐を舐《な》めるなよ？　はっはっは」

そうして俺たちは近くのファミレスに向かった。ファミレスというのはメニューが豊富で居心地が良いため、お昼の休憩にはもってこいの場所である。

「焼肉定食ライス大盛りにチーズドリアのサラダセットと単品でオムレツと豚汁に、それと食後にデラックスパフェ。あ、パフェは戻ってからでいいか。やっぱパフェはなしでお願いします。二人は？」

「私は月見そばとツナサラダで」

「……パエリア大盛りください」

「か、かしこまりました」

苦笑いをしながらオーダーを持ち帰る店員のお姉さん。

分かる。俺も同じ気持ちだ。

「おい、眞昼。そんなに食えるのか？」

「んー、余裕だって」

「残したらもったいないぞ？」

「大丈夫です、勇さん。眞昼の胃袋は男の子より容量があるので」

「ええ……」

注文した料理が運ばれてきた。

実際に並べてみると圧巻だ。眞昼の分だけでテーブルの半分を埋め尽くしてしまう。

「高校時代の俺でもこの量はきついぞ」

「そういえば勇さんって、バスケ部だったんですよね」

「そうそう、ってあれ、言ったことあったっけ？」

「あ、えと、ま、眞昼《まひる》から前に聞きました」

たいしたことでもないのになぜか美少女は慌てる。

「うまーい」

肉が、卵が、米が、ぽんぽんと眞昼の口に吸いこまれていく。あっという間に焼肉定食が卓上から消え、チーズドリアを攻略にかかる。

昔はフードコートで一緒に食事した時、食べ切れないからって俺に白いご飯だけ押し付けてたのに。

「す、すげぇな」

「部活終わりだともっと食べますよ。この前も焼肉の食べ放題で――」

「う、うるさいな、早く二人も食えよ」

豪快ではあるが決して汚らしくはなく、むしろこちらの食欲を搔《か》き立てるような気持ちよさがある。見とれてないで俺もさっさと食べよう。

それにしてもこのパエリアというやつは旨《うま》いが食べにくいのが難点だな。

エビの殻を剝《む》きにかかる。

「うっ……」

謎の美少女が顔を引きつらせた。

「どうした?」

「すみません、ちょっとトラウマが蘇《よみがえ》りました」

「トラウマ？　どゆこと？」

パエリアにトラウマを感じる要素なんてあるのか？

「その、殻付きのエビって苦手なんですよね。なんか虫を解体して食べてるみたいで……

あ、ごめんなさい」

「いいよ、聞いたのは俺だし」

三人とも同じタイミングで食べ終わる。

「ふー、ご馳走様《ちそうさま》」

「勇《ゆう》さん、ご馳走様でした」

「おう」

本当に全部食べてしまった。空になった皿を眺めながら、眞昼は満足そうにあくびをする。

「はー、お腹《なか》いっぱいになったらなんだか眠くなってきた」

テーブルにうつぶせになる眞昼。

「こら、眞昼。お行儀悪いよ」

「いいじゃんか。ちょっとだけ昼寝した方が、脳が活発になるってよく言うだろ？」

「もう」

「すげーな、こんな細い腹のどこに入っちまったんだ」

眞昼のお腹をぽんぽん叩《たた》いてみる。

「なっ――」

赤面した眞昼の平手打ちが飛ぶ。

「ぶふぉっ」

頬に鮮烈な痛みが走った。

「あっ、ごめん、勇にぃ」

「いや……今のは勇さんが悪いですよ」

「勇にぃ、大丈夫？」

「わ、悪かった」

また眞昼が子供の時のようにしてしまった。その後、店に戻り、二人はまた勉強に取りかかった。明日はいよいよ中間テスト。頑張ってほしいものだ。

その日の閉店後、俺は思い切って母に聞いてみた。

「あー、母さん」

「何？」

キッチンの掃除をしていた母が顔を出す。

「あ、あのさぁ。春山《はるやま》さんちって引っ越したんだろ？」

「え、ええ」

「ちょっと住所教えてくれよ、どこに越したんだ？」

3

「うおおお、テスト終わったー」

あたしは大きく伸びをする。

胸の部分にポロシャツの生地が引っ張られ、お腹がちらっとさらけ出された……なんてことはなく、きっちり黒のインナーシャツをスカートまでインしているので安心だ。

それでも、こっちの方をチラ見する男子どもがいて腹立たしいが。

「まっひー、最後の問題何番にしたー？」

前の席の友達がこちらに椅子ごと体を向ける。

「四でしょ」

「あー、やっぱりそうだよね」

本日、六月一日の正午をもって三日間続いた中間テストは終了となる。同時に今日から衣替えが始まり、夏服の着用が許可されて男女共通のポロシャツか、半袖の開襟シャツを選べる。

さらには今日から部活も解禁となるため、朝から楽しみだった。

二週間近く勉強漬けの生活を送っていたため、体がすっかりなまってしまった。思いきり体を動かして溜まりに溜まったものを発散しなければ。

ま、勇にぃの近くで勉強できたから、それはそれでよかったのだけれど。

そういや、これで気軽に勇にぃの部屋も上がれるようになるし、いいことずくめじゃん。

「まっひー、なんでにやけてんの？　そんなにテスト終わったの嬉《うれ》しいんだね」

「え？　ああ、まあね。はは」

それにしてもあの鈍感男、二週間ほぼ毎日末夜《みや》と顔を合わせていたのに気づく気配は微《み》塵《じん》もなかった。

何がいけないんだろう。

末夜の大きく変わったところといえば性格くらいのものだろう。

見た目はそんなに変わっていないし、子供の頃の面影もある。ただ、これはずっと傍《そば》にいたあたしの視点から見れば、の話。

勇にぃにしてみれば、あたしらの見た目は十年分一気に時間が飛んだようなものだ。

でもなぁ、あたしには気づいたんだよなぁ。

「うーむ」

「何？　どっか危ういとこあった？」

「いや、そういうんじゃないって」

「眞昼」

「お、まっひー彼女が来たよ」

見ると、開襟シャツ姿の末夜が教室の入り口で手招きしていた。

「彼女じゃねぇっつーの」

「いつも一緒にいるじゃん。ラブラブぅ」

「ったく」

彼女というよりは姉妹なんだけどなぁ。

「おい、見ろよ春山さんだ」

「今日も可愛《かわい》いなぁ」

「鉄壁聖女の二人が揃《そろ》ったぞ」

「なんて尊いんだ」

「二人とも肌が白くて美しい」

男子の視線から逃げるように未夜を廊下に連れ出す。

「どしたー、未夜」

「この後、部活ある？」

「うん。お昼食べて、一時から。未夜はもう帰る？」

「ミス研も今日から活動再開だから。まあ活動といっても小説読んだりだべったりするだけなんだけど」

「じゃあご飯だけ一緒に食ってこうぜ」

「うん」

＊

ミス研の部室には、すでに星奈《せいな》ちゃんがいた。

「未夜、遅いじゃない」

「ごめんごめん――って何観《み》てるの」

星奈ちゃんは文化祭用に撮った映画のお蔵入りの方を観ていたようだ。場面はすでに終盤、ギャル姿の私が殺人鬼としての本性を現すシーンだ。

『うおおおおおらアアアアァ!!』

画面の中の私が絶叫する。

「ぶっちゃけやばいわよ、これ。何があんたをここまで変えたのよ」

「もう、恥ずかしいからー」

主演の犯人役を降板させられてしまった私だが、結局別の役――探偵の助手――と交代で映画に出演することになった。

「はぁ、観れば観るほどもったいないわ。あんた、被害者のところまではけっこうはまり役だったのに。どうして殺人鬼の演技だとあんな過剰になっちゃうのよ」

「あはは」

ギャル役がはまり役だと褒められてもあまりいい気はしないんだけど。

「ギャル姿が全校生徒の前で披露されなくて安心したよ」

あんな露出の多い服やどぎついギャルメイクなんて、不特定多数の誰かに見られたらたまったもんじゃない。

「めちゃくちゃ似合ってたのに」

「あれを似合うって言ったのは未空《みそら》と星奈ちゃんだけだよ」

撮影中に未空にギャル姿の写真を送ったら、『おねぇ、すごい』、『おねぇ、かっこいい』と返事があった。

子供は思ったことがすぐ口に出るため、褒める時は素直に褒めてくれる。普段はその何倍も生意気だが。

「さーてと」

私は備え付けのウォーターサーバーでインスタントコーヒーを作り、窓際の椅子に腰を下ろす。テストも終わったことだし、存分に読書に励めるぞ。鞄《かばん》から推理小説を取り出す。テスト期間前に買って寝かせておいた文庫本だ。

「あ、そうだ未夜。新作書いてきた？」

「ふぇ？」

新作？

「今月の会誌に載せる短編よ」

「あっ」

テスト勉強と勇にぃのことで頭がいっぱいで完全にすっぽ抜けていた。

「その顔は忘れてたわね？　締め切りは来週の月曜日よ？」

「や、やばい」

「あんたの短編は人気あるんだから、絶対に落とせないわ。どこまで進んでるの？」

「だ、大丈夫。今からやるから」

「あんたほんとにギリギリになって焦るタイプね」

トリック、プロット共にすでに組み上がっているので後は書き上げるだけだ。

創作ノートとコーヒーを手に、私はパソコンに向かった。

4

「あそこかな？」

俺は街の南西に位置する住宅地を訪れていた。

距離的には〈ムーンナイトテラス〉からそう遠くないが、六月に入り、蒸し暑くなってきたので車を借りればよかったと少し後悔した。

時刻は午後三時過ぎ。

母から聞いた住所を頼りに足を進める。胸の内に、期待と不安が同じ程度で溜《た》まっていく。

テスト期間も終わったし、もしかしたら未夜に会えるかもしれない。

どんな風に成長しているだろうか。

あのクソガキのことだ、ギャルかヤンキーのどちらかだろうが。赤ん坊の頃から世話をしてきた、妹のような存在。

そんな未夜に会えるかも、という期待。

それと同時に……

眞昼《まひる》は未夜の話題を出すといつも焦ったり、ぎこちない反応をする。店に来る時も未夜を連れてくることは一度もなかったし、向こうから未夜の話題を持ち掛けることはほとんどない。

今ではもう仲が良くないのだろうか。

俺にも覚えがあるから人のことはいえない。

だけど、本当の姉妹のように仲が良かったあいつらに限ってそんなことがあるはずないとは言い切れないのが現実だ。あってほしくないが、眞昼に直接聞けるわけもない。

妹分たちの現在の人間関係の真実に対する不安。

もし本当に二人が疎遠になっているとしたら……

考えただけで胸の奥がきゅっと締め付けられる。

俺はとある家の前で立ち止まる。

「ここか」

表札の『春山』という文字。

間違いない。ここだ。

二階建ての大きな家。黒いミニバンが一台停《と》まっている。

俺は意を決してインターホンを押した。まもなくして、玄関扉がゆっくり開いた。現れたのは、美しい女性――春山未来《はるやまみく》だ。

「あらー、勇《ゆう》くん」

「ご無沙汰してます」

「久しぶりねぇ。やだ全然変わってないじゃない」

「未来さんこそ。昔のお綺麗《きれい》な姿のままですよ」

「褒めても何も出ないわよ」

嘘《うそ》ではない。

記憶の中の未来とほとんど変わりない姿に、俺は度肝を抜かれた。これが美魔女というやつか。

加齢による変化はあまり感じられない。しわやシミはあまりなく、若干肉付きがよくなった程度である。長い茶髪を結って肩に垂らし、白いTシャツに七分丈のぴっちりしたデニムといった装いだ。

「どうぞ、上がって」

「お邪魔します」

リビングに通され、ソファに座るよう促される。

「はい、どうぞ」

未来が二人分のアイスティーを運んでくる。

「あ、お気遣いなく」

「知らない関係じゃなんだから、堅苦しいのはやめてよ」

「それもそうですね」

「春頃に帰ってきたんだっけ？」

「ええ、三月末に」

「さやかさんからちょくちょく聞いたけど、あっちでの生活は大変だったんだって？」

「ええまあ。帰省する余裕もないほどには」

「もっと早く帰ってくればよかったのに」

「もうちょっと頑張ろう、もうちょっと頑張ろうが積み重なって、いつの間にか十年経《た》ってしまいまして、ははは」

話題が俺の東京での生活に移ったので、ブラック企業での話を冗談交じりにしてみたが、苦笑いばかりが返ってきた。それ以外に東京での思い出はほぼなかったから仕方あるまい。

「十年ぶりかぁ。あっという間ね」

ストローで氷をからからと回し、未来はぽつりと言う。

「この十年、未夜はずっと会いたがってたよ」

「未夜はまだ学校ですか？」

「いつもだいたい七時くらいには帰ってくるけど。たまに九時近くまで帰ってこない時もあるかなぁ」

　あのクソガキ、やっぱり遊び歩いてるのか……

「おかわりいるでしょ」

「すいません」

　空のグラスを手に未来が立ち上がる。

　その時だった。

「ただいまー」

　玄関の方から声が聞こえた。未夜《みや》かな、と思ったが子供の声だった。

　ん、子供？

　ややあって、一人の少女がリビングに入ってくる。

　長い茶髪をローツインテールにまとめ、アホ毛がひょこっと立っている。少しつり上がった大きな猫のような目は実に生意気そうで、一文字に結んだ口からは気の強さが窺《うかが》える。

　黒いTシャツにデニムのミニスカート。赤いランドセルにはいくつものストラップがぶら下がっている。

　だ、誰だ？

　一瞬未夜かと思ったが年齢が合わない。

「未空、おかえりー」

未来が戻ってくる。

「未空？」

「そっか、勇くんは知らなかったね。次女の未空よ」

なんだって？

「げっ」

未空は俺を見るなり、睨《にら》むように目を細める。

まずい、不審者だと思われただろうか。自宅に帰ったら知らないおっさんがくつろいでいたのだから、そう思われても仕方ないが。

「ママ、不倫？」

「違うから。昔お隣さんだった、ほら有月《ありつき》さんの――」

俺は立ち上がって自己紹介をする。

「こんにちは、有月勇です」

年齢は十歳くらいだろうか。

未夜が順当に成長すれば数年でこうなりそうなほどよく似ている。

「ほら、未空も挨拶なさい」

ランドセルをソファに放り投げ、未空は俺を見上げる。自信に満ち溢《あふ》れ、どこか人を舐《な》めたようなふてぶてしさを感じる視線。まるで子供の頃の未夜のようだ。

思わず懐かしい気分になる俺だった。

「こんちはー」

じっと俺を見つめ返す反抗的な瞳。

警戒されてしまっただろうか。

未空はぷいっと未来の方を向き、

「ママー、おやつ」

「先に手を洗いなさい」

「はーい」

未空は手洗い場へと小走りで向かった。

*

あー、びっくりした。

なんであのおっさんがうちにいるのよ。

手を洗ってリビングに戻る。

おっさんの向かいに座ると、おっさんは冴《さ》えない笑顔を向けてきた。

「未夜に似てるなぁ。何年生？」

「三年生だけど」

「そ、そう」

「おっさんはいくつなの？」

「おっ、おっさ……」

「こら未空《みそら》、勇さん、でしょ。ご、ごめんね、勇くん」

「いえ、いいんですよ。本当に昔の未夜にそっくりですね」

おねぇや眞昼ちゃんや朝華《あさか》ちゃんが子供の頃よく遊んでもらったらしいけど、私が生まれる前のことだ。

悪い人じゃなさそうだけど、なんかこう、ぼんやりしているというか、覇気がないというか。眞昼ちゃんの話だと頼れる兄貴って感じだったけど、どうもそんな風には見えないなぁ。

その時インターホンが鳴った。

「誰かしら……あ、そうだ。夏祭りの打ち合わせがあるんだった」

ママはバタバタと玄関に向かう。

「一時間くらいで戻ってくるから、勇くん、ゆっくりくつろいでて」

「はい」

もうすぐ四時だ。おねぇもそろそろ帰ってくるかもしれない。

……これはまずいんじゃない？

たしか眞昼ちゃんの話だと、おねぇはこのおっさんに自分の正体を気づかせようとしてるんだよね。あくまで、このおっ、さ、ん、の方から。

春山家《うち》で顔を合わせたら絶対に気づくだろうけど、こういう気づき方はおねぇの望んでる展開じゃなさそうだし、しょうがないなぁ。

ここは私が一肌脱いであげるとするか。

たしか一年の時のコスプレ大会の写真は……あとこの前の映画のやつも使えるかも。

＊

未来が出ていくと、未空はスマホを取り出して、

「あー、おねぇ怒るだろうなー。うちのおねぇ怒ると怖いからなー」

急になんだ？

「そのクッション、おねぇがいつも使ってるやつなんだよなぁー。おねぇ自分の物を使われるとすごい怒るからなー」

未空の視線は俺の尻の下のクッションに向かっている。これは未夜が普段使っているのか。

「はは、悪いことしたね」

クッションを脇にどける。

「おねぇってキレるとめちゃくちゃ怖いんだよねぇ。あ、これうちのおねぇの写真ね」

未空はスマホの画面をこちらに向ける。そこに映し出された写真に俺は度肝を抜かれた。

派手な金髪に目の周りを黒く縁取るアイシャドウ。カールがえぐいほど効いたつけまつげに赤いカラコン。リップは血のような赤に染まり、耳には大量のピアスが……

「え？」

舌べろを大きく出し、中指を立てるファッ◯サイン。

厚化粧であの頃の未夜の面影などどこにもない。

「でー、こっちが最近のおねぇ」

未空は別の写真を見せてくる。

場所はどこかのホテルだろうか。

肩の出た露出の多い服装。髪は茶髪に戻っているが、部分的に染めたのだろうか、左側がメッシュのようになっている。目元のメイクは相変わらず濃く、耳のピアスはさらに増えている。黒いマスクを顎にずらし、舌なめずりをしている。

そしてお約束のファッ◯サイン。

「う、嘘だろ」

ギャルかヤンキーになっているだろうと想像はしていたが、まさかここまでとは。

自分でそうだろうと思い込んでいたくせに、いざその事実を突きつけられると、それを簡単に受け止めきれない自分がいた。

心臓につららを突き立てられたような冷たいショックが、体を貫く。

なんだか未夜が遠くに行ってしまったような気がする。いや、気がするじゃない。もう、俺の知っている末夜じゃないのか……

あの頃の思い出が浮かんでは消える。

勇《ゆう》にぃ、勇にぃ、と俺の後ろをついて回った末夜。泣き虫で強がりで、思い付きで行動するあのクソガキは不良ギャルＪＫに成長していた……

「おねぇが帰ってくるまでにさっさと帰った方がいいんじゃない？」

「あ、ああ。そう、だね」

別に帰る必要などなかったのだが、なぜか俺は立ち上がる。

いや、自分でも分かっているんだろ？

今の末夜と会うのが、怖くなったんだ。

＊

ああ、すっかり遅くなっちゃった。

午後五時過ぎ。

締め切りは来週だから焦ってやる必要もなかったんだけど。

星奈《せいな》ちゃんのチェックは厳しいからなー。〈ムーンナイトテラス〉に寄ってこうかな。

今日はテストと短編の執筆ですっかり疲れてしまった。

勇にぃの顔でも見て癒されてやろう。

あ、でもたしか今日は勇にぃお休みって言ってたな。

お店の方にはいないかも。

街をぶらぶら歩いていると、偶然にもその勇にぃを見つけた。

なんという僥倖《ぎょうこう》。なんだかフラフラしているような気がするけど大丈夫かな？　遠目に見てもなんだか元気がないように見える。

私はパタパタと駆け寄って声をかけた。

「おーい、勇さん」

「ああ、君か」

勇にぃは暗い顔をしていた。

「どうしたんですか？」

「いや、まあ、ちょっとね」

声も少し震えている。何か嫌なことでもあったのだろうか。

「悩み事があるなら聞きますよ？　どこかで座ってお話ししましょう」

近くの公園のベンチに並んで腰かける。

すでに日も落ちかけ、夜のカーテンが空を覆い始めていた。

「それで、どうしたんですか？」

「……」

勇にぃは口を結んだまま微動だにしない。

相当思い詰めている様子で、勇にぃが口を開くまでに数分がかかった。

「隣に住んでたクソガキの話を前にしたよね？」

「え、ええ」

クソガキは余計だというのに。

「実はさ、その子の家に行ってきたんだ」

「え!?」

今なんて言ったの？

家？

それって私の家ってこと？

もしかして、もうバレちゃった？

「十年ぶりに妹分に会いに行こうと思ってさ」

「はぁ」

お母さんや未空が私の写真を見せれば、全てが終わる。いやでも、勇にぃの様子や私に対する接し方を見る限りだと、その心配はなさそうだけど。

「それで、その子の妹がいたから写真を見せてもらったんだよね」

え？

見たの？

もしかして全部分かった上でとぼけてるの？

とめどなく押し寄せてくる疑問をこらえながら、私は次の言葉を待つ。

「そしたらさ、そいつはとんでもないギャルになっちまってたんだよ」

「ぎゃ、ギャル、ですか？」

私がギャルになったって、どういうことだ？

「もうぎらぎらの金髪でピアスも開けてたり、メッシュを入れてきつい化粧をしてたり」

話の内容が理解できない。

生まれて十七年（もうすぐ十八年）経《た》つが、ギャルという生物は私の理解の外側の存在だ。そんな私がギャルになるわけが……

あ、なるほど。

私は理解する。

きっと未空がいたずらで私のギャル姿の写真を見せたのだろう。

一年の時の文化祭のコスプレ大会とミス研の映画の役作りで、私は計二回ギャルメイクをしたことがある。金髪のかつらをかぶったり、フェイクピアスをつけたり、前髪には取り外しの容易なエクステをつけたり。

そうかそうか、そういうことか……ってその写真が私だって気づかなかったんかい！

なんて鈍感なのさ。

「それでさ、俺は元々その子がそういう風に成長するんだろうなって、漠然と思ってたんだよ。あいつは本当にどうしようもないクソガキで、後先考えずに行動して、俺に迷惑ばっかりかけて……でも――」

「でも？」

「いざ本当にそういう風になっちまったその子を見たら、なんか、すげぇ悲しくなったんだ。俺の手の届かない世界にいっちまったんだなぁって。俺の知ってる未夜《みや》は、もういなくなっちまったんだなって」

その時、勇にぃの頬を一筋の涙が流れ落ちた。

勇にぃの涙を見て、胸の奥がじんと痛んだ。

……私は何をやってるんだろう。

最初はただのいたずらごころだった。

気づいてもらえなかったことにむっとして、ちょっと意地悪をしてやろうと思っただけだった。

なのに勇にぃは全然気づかなくて、こっちもだんだん意地になって、眞昼《まひる》やおばさんたちも巻き込んで……

その結果がこれだ。

勇にぃにいらぬ心配をかけて、不安にさせて、自分で自分が嫌になる。

もう、いいかな。

ここまで気づかなかったんだから、きっとこれからも勇にぃが気づくことはないのだろう。

くだらない意地はさっさと捨てないと、勇にぃをどんどん苦しめてしまう。

「あ、あれ？」

気づくと、私の頬にも涙が伝っていた。

手のひらで涙を拭う。

おかしいな、全然止まらない。

言わなきゃ。

早く涙を拭いて、私が未夜ですって言わなきゃ。

「はは、もらい泣きですかね」


「……未夜？」

「ふぇ？」

＊

それは無意識のうちに出た言葉だった。

懐かしい曲を聞いて当時の童心が呼び起こされるように、懐かしい匂いを嗅いで思い出の情景を思い浮かべるように、それは唐突に訪れた。

指先ではなく、手のひらで涙を拭う子供っぽい泣き方。

そのめったに見ない泣き方を目にして、俺はある少女《クソガキ》のことを思い出す。生意気で、自分勝手で、意地っ張りで、そのくせ泣き虫で。いつもいつも俺にくっついてはトラブルを起こす少女。

春山《はるやま》未夜。

そんな思い出の中の未夜と、目の前の美少女が違和感なく重なる。

いやいや、何を考えているんだ俺は。

未夜はギャルになってしまったんだと、先ほど春山家で知ったばかりではないか。あのクソガキがこんな清純美少女に成長するわけが――

「勇にぃ?」

彼女は俺の目を見据え、呟《つぶや》く。

懐かしいその響きに心の奥がじんと温かくなる。まさか本当に――

「未夜、なのか?」

「……やっと気づいてくれた」

美少女――未夜は泣きっ面のまま俺に抱き着いてくる。

「おかえり」

「本当に、未夜なんだな?」